La amante del marqués

A R C jd

Porque sin ellas, mis lectoras, nada de esto sería posible.

Mencionaré a algunas de esas personitas tan importantes para mí. Un beso enorme a todos.

Mari Carmen Olaya Millana, Ana De La Cruz Peña, Cuchumaria Gs, Ana María Ortiz, Izaskun Maguregui, M Sol Zazo, Pepi Morales Serrano, Mercedes Toledo López, Olga LB, Eva Olivera Comitre, Encar Tessa, Toñi Jiménez Ruiz, Yazmin Morales Vázquez, Manolita Gasalla Riera, Anna Fernández, Mary Rz Ga, Ana María Padilla Rodríguez, Mar Serrano del Cid, Tontería Las Justas, Manoli Romero Martínez, Carmen Lorente Muñoz, Rosa Cortes, Silvia Sandoval, Teresa Sarralde Edo, Sonia Rodríguez, Ana María Ortiz, Laly Romlla, María Teresa De Jesús Piñón Esquivel, David Álvarez Sánchez, Sandra González Cabanillas, Sandry Illán, Maritza Buitron, Carolina Pedrero, Itziar Martínez López, Carmen Marin Varela, Ingrid Mason, Mari Carmen, Victoria Alonso N, Mari Carmen Agüera Salazar, Almudena Valera, Mai Del Valle, Mariola Serrano, Yesica Garzón, Noemi Casco, Vanessa López Sarmiento, Leydis Sabala, Carolina Pérez, Karyna Campero Ramírez, Carmen L. Scott, María Li Chen, Laura García García, María Giraldo, Evelyn Tabarez, Beatriz Mariscal, Cinthia Hdz, Mary Iglesias y Jenny Hugo Jenny Díez.

ÍNDICE

AGRADECIMIENTOS   289

CAPÍTULO I

Poco tenía que opinar al respeto, pero eso no importaba, no al hombre que tozudamente continuaba con su perorata. El marqués tenía ganas de arrancarle la cabeza, aunque ambos sabían que no lo haría y, precisamente por eso, iba más pendiente de lo que acontecía en las calles que recorrían.

— ¿No tiene nada que decir? ¿No comprende la situación en la que se encuentra? – inquirió el barón Camoys, golpeando el techo del carruaje con su bastón con fuerza.

— ¿Ya hemos llegado?

— Debe tomar una decisión – insistió el barón –. Amenaza con delatarlo si no lo hace.

— ¿Paseamos? – le sugirió, al tiempo que abría la portezuela con rapidez y se lanzaba fuera.

El frío no le importaba, no tras toda una vida soportándolo, en cambio, las nubes negras que se desplazaban sobre su cabeza ya no le hacían tanta gracia. Se llevó la mano instintivamente hasta la chistera, sabiendo que no serviría de mucho si el aguacero que se avecinaba era tan fuerte como podía oler en el ambiente.

El barón Camoys tocó su hombro, el marqués ni siquiera se giró para mirarlo. No, sus ojos se habían detenido en un joven de hermosos ojos grises. Sus movimientos suaves, su forma de moverse, se acercó a él sin comprender el motivo.

Se detuvo a unos metros, el marqués llamó su atención alzando la mano. Pasó por alto el barro que cubría su piel, la ropa raída y los zapatos agujereados que dejaban pasar el frío y la humedad. Lo pasó todo por alto, concentrándose solo en su tersa piel, en sus labios rojos y carnosos. No, a él no le gustaban los hombres y, o mucho se equivocaba o, bajo tan burdo disfraz, no se escondía un muchacho.

— Milord, ¿desea una? – se atrevió a preguntar el "joven", estirando sus finos dedos, en los que una rosa rosa se mecía.

— ¿Cuántas tiene? – preguntó el marqués de Carisbrooke llegando hasta ella y torciendo la nariz. No era su olor el que lo llamaba, era lo que intuía bajo la superficie. El color de sus ojos invitaba a perderse en ellos, su forma de morderse el labio era mucho más sensual que los estudiados movimientos de las amantes que había tomado los últimos años.

— Doce, milord – replicó el "joven" bajando la cabeza, encogiéndose ante el escrutinio.

Maximilian se acercó y rozó la mano de la pordiosera que quería aparentar lo que no era. El marqués quiso descubrir lo que ocultaba, jugar con la ratoncita que frunció el morro. Todo tenía un precio y sobre todo cuando no se tenía nada.

— Deberíamos regresar. Debe tomar una decisión para que podamos actuar. – El barón se detuvo al comprender que ni siquiera lo escuchaba. No, el marqués estaba perdido en la "interesante" conversación que mantenía con uno de los muchos vagabundos que allí se congregaban para poder ganar unas cuantas monedas.

— ¿Las traería a mi casa? — pregunto con voz ronca el marqués, dejando que sus cuerdas vocales extendieran las sílabas mientras se imaginaba desnudándola, observándola al limpiar su cuerpo e impregnarlo con el sutil aroma de las rosas. Era imposible que bajo tanta mugre no se escondiese una beldad, solo una auténtica beldad podría ser hermosa incluso cuando trataba de evitarlo.

— Milord, no sería conveniente. Yo... no debo alejarme tanto — replicó la joven mirándose los pies, sintiendo que mancharía el hogar del hombre que, plantado ante ella, no se daba por vencido. También temía sus intenciones, no lo reconocería.

— Podría ofrecerle una buena recompensa por el camino. No me haga perder el tiempo, ambos sabemos que precisa cuanto pueda obtener de mí y yo estaría más que contento de dárselo. — Alzó las cejas y fijó sus ojos azules en los diminutos, casi imperceptibles, bultos que su holgada y sucia camisa trataba de ocultar.

¿Por qué la joven que tenía ante él había logrado detener su caminata? ¿Qué tenía el gris de sus iris que era capaz de hacer que olvidase las palabras que tenía en la punta de la lengua? Quiso vestirla de sedas, cubrir su esbelto cuello con joyas y observarla sonreír, no precisó más que una acuosa mirada de unos ojos que parecían suplicar por atención, consuelo y cariño.

— Si así lo quiere... — susurró la joven Noemille, Noemille sin más. No tuvo que decirle el precio, pues eso habría sido de mal gusto cuando solo tenía que observar el abrigo del marqués, su chistera, la cadena dorada del reloj de bolsillo que acababa en su pantalón.

Max habría querido acercarse, rozar la pálida piel de la joven, provocar, quizás, que se sonrojase, pero estaban en medio de una auténtica multitud y no era el lugar, no cuando preparaba planes de boda.

Bufó ante la idea de contraer matrimonio con una dama aburrida que nunca podría calentarlo por dentro, que no conseguiría que sus entrañas ardieran y desease atarla al lecho. No, la damita era un mal necesario que no lograría evitar que buscase lo que necesitaba, que no tendría de él más que su título, ni siquiera un heredero le regalaría.

— Venga antes de cenar, es cuando más benévolo soy — gruñó, acercándose a Noemille hasta que sus pechos se rozaron. Ella no logró retroceder, sus piernas no le respondieron. El poder que él transmitía la ató, impidiéndole reaccionar.

No tomó todas las rosas, solo una. La recogió y arrastró con pereza desde la mano femenina, se la llevó a la nariz sin dejar de observarla, memorizando cada uno de sus gestos.

— Huele a belleza, a la pureza más absoluta — dejó caer el marqués con la indiferencia de quien está acostumbrado a que sus palabras sean tomadas como la ley más absoluta.

— Gracias milord. — Y acarició las rosas que quedaban en sus manos, soltando una sonrisa soñadora que la hizo volar lejos y no pasó desapercibida a ninguno de los dos.

— No me refería a las rosas.

— ¿Y a qué se refe...? — Noemille no pudo terminar, no cuando el marqués se inclinó y añadió sobre su oído:

— Se lo diré a la noche, se lo prometo. — El cálido aliento del marqués rozó su oreja, su cuello, convirtió sus palabras en una caricia maliciosa que sabía cómo hacer temblar a una joven inexperta, que sabía crear imágenes en la mente de quien nunca había hecho el amor.

Noemille lo vio marchar con las piernas débiles y la mente embotada, boqueó al comprender que ya no tenía más que hacer en todo el día, no cuando ya no le quedaban flores que vender. Se habría alegrado si las horas muertas no fueran el escenario perfecto para que se recrease en el hambre que carcomía sus entrañas.

La joven tardó más de media hora en irse, el marqués ya estaba muy lejos entonces. Llevó la mano al pantalón y apretó la única moneda que le quedaba con una sonrisa triste, mientras se colocaba la máscara que siempre portaba cuando regresaba al único hogar que conocía.

— Hermanito, he llegado. Hoy he tenido suerte, hoy cenaremos como reyes, pero por ahora has de conformarte — soltó la joven del tirón, mientras llegaba hasta un niño de tres años que temblaba sobre un montón de paja diseminada por el suelo. Era dos cucarachas que se escondían en las grietas de una ciudad que no tenía corazón con quienes no contaban con quien los defendiera.

Lo recogió en su regazo, lo acunó con la pena de no poder darle más, no tener más que ofrecer. Él era su vida, lo único que tenía para no dejarse morir, caer ante cualquier carruaje y permitir que las ruedas la aplastasen.

— ¿Por qué callas? ¿Estás triste? — Su vocecilla trémula, acompañada con un fuerte ataque de tos, consiguió que las lágrimas pendieran de las pestañas femeninas y no tuviera otra opción que negar con la cabeza —. Deberías dejarme, las mujeres lo dicen.

— ¿Por qué habría de hacer eso? — consiguió preguntar ella.

— Moriré... — jadeó el diminuto y escuálido Marcus,

sonriendo sin ganas.

— No lo harás. Te lo prometo.

CAPÍTULO 2

Si ya le costaba centrarse en lo que tenía delante antes, desde que se había cruzado con la muchacha que vendía rosas era sencillamente imposible. ¿Qué estaría haciendo? ¿Qué grandes secretos se escondían bajo una mirada tan triste y cansada?

— ¿No cree que sería correcto hacer una fiesta? Estoy seguro de que a su prometida le encantaría que todos sus conocidos pudieran bendecir el enlace — sugirió el barón Camoys, harto de su papel de casamentera.

— A ella le encantará. ¿Cómo no estar dichosa con vestidos nuevos y joyas que lucir? ¿Cómo no hacerlo cuando ha logrado a uno de los hombres que muchas han tratado de convencer con largas piernas y posturas que no puedes ni imaginar? — El marqués apretó la copa de Bourbon entre sus dedos, queriendo lanzarla contra la chimenea para hacerla arder, tal cual hacía él por dentro.

— De poco sirve que luche, quizás disfrutaría más si tratase de descubrir y disfrutar las cualidades femeninas de lady Coral.

— ¿Y cuáles son? — El marqués se giró despacio, tras echarle un rápido vistazo al reloj de pared —. ¿Cuáles diría que son? — insistió al ver la duda en su amigo.

— Templanza. Sabe cuál es su lugar y no ha habido ni habrá ninguna mancha en su reputación. Es joven y hermosa, alguien con quien podrá mantener una amistad... con los años.

— ¿Cómo no desearla? – ironizó el marqués.

— Puede que con los años...

Ni caso le hizo cuando el reloj marcó las seis. Sonrió cual lobo, Max supo que era el momento de despedirse. Tomó los papeles que había sobre la mesita y los dejó sobre las manos del barón.

— Toma cuantas decisiones sean precisas para que la fiesta sea todo un éxito. Quizás también debería mandarle algún detalle que demuestre que me ha robado el pensamiento – escupió Maximillian.

El barón no hizo ningún comentario, sabía cuándo era mejor callar y el momento había llegado cuando la vena del cuello del marqués duplicaba su tamaño. Posó la mano sobre su hombro en señal de camarería, el marqués de Carisbrooke quiso huir de sus preocupaciones centrándose en algo mucho más interesante.

Magnánimo había permitido que todos sus sirvientes se recogieran antes, aunque tenía sus razones que empañaban la bondad que creyeron intuir en sus palabras.

Se sentó ante la puerta de la cocina cual depredador, pensando en la joven que vendría a él. La deseaba y hacía mucho tiempo que no sucedía, en los últimos años esa parte de él mismo había ido muriendo, lentamente, asqueada por las mismas sonrisas postizas, los mismos aleteos de pestañas, las mismas palabras sugerentes.

Escuchó sus pasos y se tensó. Su respiración agitada, los segundos que Noemille se tomó para golpear la puerta. Abrió de golpe, sonriendo satisfecho por lo que tenía ante él.

— La esperaba – reconoció, dándole lo que él consideraba el primer presente de tantos que quería dejar sobre su cuerpo desnudo. La tendría, ya la sentía suya. No habría mentiras ni engaños, sería sincero, evitando los innecesarios dramas.

— Lamento la tardanza, no pude venir antes. Tome, espero que le gusten – dijo apresurada, mirando de reojo la salida cual ratoncillo que deseaba correr lejos. Se sentía atrapada, ese no era su lugar ni lo sería nunca. Ella no había ni soñado con rozar ese suelo y ahora temblaba ante un hombre que se tomó su tiempo en aceptar lo que le tendía.

— Me encantan, son casi tan hermosas con usted. – Se inclinó sobre ella.

— Milord, no debe. Yo no soy un… si a usted le gustan los… – No sabía cómo terminar la frase sin que sonase a insulto. No podía irse, no sin las monedas que tanto precisaba.

— Sé lo que me gusta y es usted.

— Yo no… Solo vendo flores – terminó, atreviéndose a alzar el rostro, cansada de ser quien era.

Él le daba miedo, pero bajo el miedo algo más ganaba intensidad. Conseguía robarle las fuerzas con la forma en la que los ojos masculinos la atravesaban, como si pudieran ver bajo su piel, cazando su secreto con maestría. Era hermoso, pero no era su belleza la que lo hacía sobresalir, sino esa sonrisa que retaba al mundo mismo. Él se sentía cómodo en su piel, dueño de ella y de todo cuanto podía abarcar.

— Una joven enternecedora y trabajadora, sin duda alguna. Debe comprender que hace mucho que no pierdo el tiempo, ponga un precio y conviértase en mi amante. Nada le faltará si accede a…

— A abrir las piernas para usted – terminó ella con una sinceridad apabullante. Puede que nunca hubiera catado varón, eso no impedía que supiera lo que sucedía en las sombras, que no hubiera visto, aunque fuera desde lejos, como las prostitutas se levantaban las faldas y se alejaban de sus pieles mientras las montaban.

No, ella no era ingenua, su mente no lo era, su cuerpo y las emociones que el marqués le producía ya era otro tema. Se le secó la boca cuando él volvió al ataque, ni ella misma estaba segura de cuál sería su respuesta. ¿Daría lo único que, hasta entonces, había mantenido para ella sola? No quería acabar como muchas, perdiendo la salud y alegría en encuentros que las envejecían con rapidez.

— Habrá mucho más – aseguró el marqués. Él no se consideraba tan embustero para negar que también quería saborear sus frutos prohibidos. No se habían topado por casualidad, era imposible, algo en el aire lo guiaba a ella, necesitado de sus palabras, de sus gemidos, de saber que era suya. Un sentimiento de posesión que seguramente se diluiría con rapidez, sin embargo, tras tanto tiempo sin sentirse vivo era un cambio reconfortante.

Noemille habría querido correr, había visto demasiado bien lo poco que quedaba de las mujeres que vendían sus cuerpos. Ser egoísta, buscar cualquier otra manera de cuidarse, de mantenerse, no obstante, ninguna sería lo suficientemente rápida.

— Podría aceptar darle mi ser si hace algo por mí.

— ¿Cuál es su precio? – Su pregunta la hizo temblar, el estómago le dio la vuelta con fuerza. Ella no era así, incluso viviendo entre ratas, entre animales, quería creer que conservaba cierta luz que él conseguiría apagar. No importaba, no si conseguía salvar a Marcus, y fue su rostro cansado, enfermizo, el que consiguió que prosiguiera.

— Un hogar cálido al que pueda llevarme a mi hermano. También preciso un doctor.

— Ningún galeno aceptaría tratar a un ratero o mendigo. Debe comprender que mi poder tiene unos límites – dijo el marqués con indiferencia, sin mostrar clemencia por el muchacho que ella tanto amaba.

Noemille sonrió y se giró, no pensó en las monedas, sencillamente se giró y avanzó, dispuesta a regresar al lado del niño que tan poca cosa le parecía al marqués. Ella encontraba en el diminuto cuerpo de su hermano la fuerza suficiente para levantarse cada día, encontraba en sus sonrisas, en sus palabras de apoyo, el ímpetu que mostraba ante el mundo.

Marcus la necesitaba y jamás lo dejaría. No le importaba morir a su lado, no cuando ese pequeño era lo único hermoso que el mundo había tenido a bien concederle.

— Sí. Tratará a la amante de un marqués y al pequeño si cuenta con su protección.

— Veo que se ha informado sobre mi persona. – El interés de Max no hizo más que aumentar.

— ¿Rosas? Estoy segura de que su gusto es exquisito, mas no era necesario hacerme venir por tan poca cosa. – ¿De dónde salían tan valientes palabras? ¿Podía él percibir el auténtico pánico que se cocinaba en su interior ante la posibilidad de que aceptase? Siendo sincera el mismo pánico explotaría bajo su piel si la rechazaba pues, aunque solo fuera por un instante, tenía a su alcance la posibilidad de no perder a Marcus.

— Puede ser. – Giró alrededor de la joven, que se sintió insignificante mientras la evaluaba. Un trozo de carne, puede que hermoso, que él devoraría con gula sin que ella pudiera negarse. No era nada, sonrió mordiéndose el labio para encerrar lo que pensaba, lo que dicho intercambio causaba en su alma. Sucia, esa era la palabra que la esquivaba –. Preciso ver lo que compro. – Y le quitó la gorra que cubría sus castaños cabellos. Ella sintió su melena caer por la espalda, larga, ondulada.

>>Es un sacrilegio que la oculte. Pocas mujeres son tan hermosas, podría hacer que cayese a sus pies y no precisaría grandes vestidos – aseguró, rozando la mejilla de Noemille.

— Por supuesto. – Noemille retrocedió, sin querer aceptar que, en ese breve contacto, algo se despertó en su vientre. El cosquilleo de a quien no le son indiferentes sus atenciones, por muy sucias que le parezcan –. No le daré lo que tanto desea sin que su pago se realice primero.

— Podría tomarla sin que nada pudiera hacer – la amenazó él, sin ninguna intención de cumplir.

— Cierto, conozco a los grandes señores. – Su afirmación descorazonada consiguió algo asombroso. Por primera vez en años Max sintió arrepentimiento, la pena que ella lucía como maquillaje quiso borrarla con caricias, con suaves besos que poco tenían que ver con el deseo de instantes antes.

Max retrocedió preocupado, quizás no fuera tan buena idea acercarse. Puede que ella encerrase la magia de una de las muchas gitanas que lo interceptaban por las calles, dispuestas a leerle la mano por unas monedas. La magia danzaba en la joven, él la tomó por la cintura y la hizo avanzar a su encuentro.

— Tendrás lo que pides – El marqués necesitaba probar su boca, saber si era tan bueno como imaginaba.

— Gracias.

— ¿No encuentra mejor forma de agradecer un pago tan generoso? – inquirió Max, tentándola, queriendo que fuese ella la que llegase hasta su boca, introducirse despacio en busca de una lengua que habría de ser cálida y juguetona.

— ¿No es suficiente pago mi ser? Todo lo que tengo es lo que usted ha comprado, aprovechándose de mi necesidad. Poco dejará cuando se marche, mas eso ya lo sabe. – Tensa como un palo, apretando los dientes para no romper a llorar al no encontrar fuerzas para todo lo que tendría que hacer, se impidió correr lejos.

No había dignidad en lo que él le pedía, no para ella. No quería pensar en su pasado, un pasado que le gritaba que no aceptase, que sabía cómo terminaría.

— Lo disfrutará, se lo prometo.

— Guarde sus mentiras para otra. He acudido por unas monedas, negándome que hubiera comprendido bien aquello que insinuaba. He acudido pues, como usted bien sabe, a veces las necesidades de quien amamos con el alma, prima sobre las propias – resumió cansada, harta de fingir ser estúpida, sumisa, débil. Si lo quería todo, también tendría que aceptar la verdad –. Sin embargo, he de pedirle que no se engañe. No puedo disfrutar de lo que no he escogido, de lo que no he anhelado, de lo que no me pertenece.

— Cuando la vaya a ver seré solo suyo.

— Nunca he sido mentirosa y no empezaré ahora. Usted tendrá mi cuerpo, solo eso.

— Miente. – Quiso creer el marqués, a cuyos pies muchas de las damas más respetadas se habían lanzado. ¡Cuántas habían suspirado por sus expertas atenciones! – Miente y se lo demostraré.

Ella asintió y él la dejó allí para llamar a su cochero.

— Llévela a recoger sus "cosas", – Noemille lo miró con

auténtico odio –. y después ayúdela a asentarse en alguna de mis residencias. Debe comprender, ante todo, que espero su completa discreción.

Y él ya creía haberlo dicho todo, la joven se detuvo a unos pasos y esperó a que volvieran a dejarlos solos.

— No dejaré que me destruya – soltó contra toda lógica. Necesitaba mostrar su disconformidad a lo que sucedería por mucho que se viera obligada a ello, puede que el marqués no le hubiera colocado una soga en el cuello, pero no hacía falta y ambos lo sabían.

Desde que el marqués había nacido, desde que ella misma llegó al mundo, ambos sabían cuál era su lugar. Todos habían tenido la deferencia de enseñarles lo que valían, aunque de formas muy diferentes.

— Muy lejos está mi intención.

— ¿Eso cree? No sabe lo que quiere porque nunca ha tenido que luchar por nada. Cree desearme pues le causo curiosidad. Solo eso. Está muerto y todavía no lo sabe, sin embargo, para que lo descubra yo debo pagar las consecuencias.

— No se queje – replicó él, más molesto de lo que reconocería –. Gracias a mi incapacidad de 'apreciar' mi estado usted podrá comer, no tendrá que compartir el lecho con pulgas y podrá cubrir su cuerpo con algo que no sean remiendos.

— ¿No dormiré con pulgas? – Se detuvo y ladeó la cabeza –. ¿Usted se quedará a dormir?

No supo si su descaro le hacía gracia o lo cabreaba, tampoco tenía precisamente claro si quería castigarla o premiarla.

Cuando Max la tomó de la cintura y la pegó a su pecho ella supo que había ido demasiado lejos. Los ojos azules del marqués la enfrentaron, más blancos de lo que había creído intuir al inicio de la conversación. Él la apretaba, demostrando en su contención una necesidad que conseguía debilitarla. Quiso decir algo, no lo logró, Noemille esperaba paciente con la mente en blanco.

— ¿Y bien? ¿Se ha quedado sin palabras?

— He intuido que no aprecia mi sinceridad – consiguió replicar ella, que, justo cuando menos debía, había descubierto que guardaba cierto coraje entre los huesos y músculos que la componían.

— Vaya y recoja a su hermano. Mandaré llamar a un doctor para que lo atienda.

Noemille asintió, pero las manos masculinas todavía no la habían soltado.

— ¿Algo más?

— Puede creer cuanto quiera y ser sincera, pero debe recordar que ahora es solo mía. No quiero que ningún otro hombre la toque.

— Porque no soy nada. Una alimaña en la que no quería fijarse, que debe estar tan usada que teme que lo ensucie. – Ella alzó el rostro, sus dientes sucios, su piel ennegrecida, su pelo acartonado. No le importaba, incluso así, el orgullo por sus ideales, por las cualidades que el hambre no había logrado robarle brillaba con fuerza –. Me da pena.

— ¿Cómo se atreve? – preguntó, apretando los brazos de la joven.

— Es usted el que juega conmigo, pero me teme. – ¿De dónde salía esa idea? Noemille creyó perder la razón, tampoco pudo retirar sus palabras y decidió enloquecer por completo –. Si no me temiera me habría olvidado, no me habría abierto la puerta.

— Haré que se trague sus palabras.

— Estoy segura de ello. — Max la dejó ir, ella sintió un frío que no quiso analizar. Se giró y caminó altiva, sintiendo unos ojos que la traspasaban desde atrás. Antes de retirarse no pudo evitar añadir —: Gracias, marqués. Mi 'cosa' y yo le agradecemos que nos de lo que a usted le sobra.

CAPÍTULO 3

Noemille temblaba en el interior de un amplio y ricamente decorado carruaje. En el trayecto tuvo tiempo de pensar, de analizar unas palabras que no parecían pertenecerle. ¿De dónde había surgido la rabia contenida que había lanzado, con más maestría de la que creía poseer, a la cara del marqués? No obstante, por mucho que quisiera negarlo lo sabía. El pasado, ese pasado que su hermano había olvidado y a ella la enfermaba.

Amante, esa palabra tan venenosa que ahora se convertía en la única salvación de Marcus. Poco más podía vender para obtener el dinero que el médico solicitaría por sus servicios.

Amante…

Sus vestidos y joyas nunca pudieron ocultar el dolor de su mirada, la tristeza de sus gestos cuando Noemillie acudía a su regazo. Su madre, una mujer hermosa como muy pocas, había sido consentida y agasajada, al menos hasta que enfermó y, poco a poco, tuvo que aceptar que mujeres más jóvenes ocupaban su lugar.

Su madre nunca creyó tener la necesidad de ahorrar, que llegaría el momento en el que sus piernas no harían suspirar, sus pechos no serían alabados y… Murió antes de que tan temido instante llegase.

Noemille apartó los recuerdos con asco, asco hacia la única mujer que había querido y hacia aquello en lo que habría de convertirse. El único trabajo que tanto se había esforzado en evitar, el único oficio que no soportaba, pero el mundo insistía en ofrecerle.

— Madre, al final no somos tan diferentes… – susurró la joven contra la ventana. Viendo correr ante sus ojos un Londres dormido, tranquilo, que dejaba atrás las calles atestadas y los olores fuertes para dejar que sus habitantes descansasen. Era hermoso caminar en la relativa soledad, hermoso y peligroso, por eso nunca se atrevió a tanto.

— Necesito que me indique el lugar – gritó el cochero, haciéndola saltar.

Noemille tocó las lágrimas, gruesas y ácidas, que corrían por sus mejillas. Pestañeó confusa.

El carruaje se detuvo y ella sacó la cabeza para hacer un par de señalizaciones más. Habló tan bajo que tuvieron problemas para comunicarse pues, aunque se negaba a avergonzase, no soportaba mostrar como su hermano y ella sobrevivían.

Cuando se detuvieron saltó apresurada y se giró unos segundos, mirando abochornada al hombre que la juzgaba desde las alturas.

— Regresaré en unos minutos – susurró la joven, que ya no trató de cubrir sus cabellos.

— Aquí la espero, señorita.

¿Señorita? ¿Se reía de ella? Asintió tensa, dándole la espalda y, al tiempo que corría, casi se arrancó la piel en un intento por borrar las huellas húmedas que, entre la suciedad habían creado un camino luminoso.

Corrió desesperada hacia Marcus y lo recogió en sus brazos. Le dolía el corazón ante lo poco que pesaba, sus latidos se detuvieron hasta que notó la débil respiración de su hermano.

— Apenas nos quedaba tiempo, mas creo haberlo logrado. Sigue luchando, eres lo único que me queda – suplicó Noemille, regresando apresuradamente.

El cochero se apeó cuando la vio llegar, ella dejó el 'bulto' sobre sus fuertes brazos ante la imposibilidad de subir al carruaje con su hermano a cuestas. Cuando el cochero lo volvió a dejar en su regazo, Noemille le acarició el pelo soñando, prometiéndole tiempos mejores, haría cuanto estuviera en sus manos porque el futuro de Marcus fuese mucho mejor que el propio.

— No te dejaré caer, mi niño.

No hubo respuesta, solo un silbido demasiado agudo que salió de sus labios cuando trataba de llenar sus pequeños pulmones. Un silbido que trajo fantasmas vengativos a la vera de ambos hermanos.

Y su madre embarazada, ojerosa y cansada, se movió en la cama. Su mano acabó sobre sus riñones mientras gemía de dolor, no creía poder soportarlo.

— Él regresará, lo hará cuando sepa que espero un hijo suyo – había asegurado mientras acariciaba a Marcus, que se guarecía en sus entrañas –. Ya lo verás.

En aquel entonces Noemille no había querido llevarle la contraria, notaba que su madre ya intuía la mentira en sus propias palabras, solo que todavía no había tenido tiempo para aceptarla.

— Yo no seré tan estúpida. No dejaré que me engañe con palabras hermosas y promesas. Hermano, sé quién soy, quiénes somos, y...

No obstante, por mucho que la rabia sacase palabras agresivas ella era una joven dulce, atenta y cariñosa. La venganza no era un pensamiento en el que perdía un tiempo que nunca tuvo. Tan bien como aceptó acabar en la calle, con un bebé en brazos y sin madre, aceptó que debía someterse. Era necesario y no había más discusión.

>>Me odiarás, lo harás porque no puedo cumplir la promesa que te hice, pero vivirás y eso es suficiente para mí.

Solo esperaba que no fuera demasiado tarde.

CAPÍTULO 4

Debería esperar varios días antes de verla. Quedar con su prometida, caminar cogidos del brazo por el parque y juguetear con sus dedos, con robarle el pañuelo mientras la carabina fingía darles espacio.

Bufó desesperado.

— Debería dejar de darle vueltas — dijo el barón Camoys mientras le daba otra calada al puro. Llenó sus pulmones y sonrió, disfrutando de la calma que siempre lo embargaba.

— No la soporto. Tanta sonrisa e indiferencia — escupió el marqués, conocedor de los juegos de seducción que, precisamente las más jóvenes e inexpertas, creían controlar. Esa necesidad de salir, de obtener una libertad que, hasta entonces, les habían negado las llevaba a creerse dueñas de un mundo que era demasiado antiguo y de hombres que sabían jugar mejor.

— Quizás, si le concediera la oportunidad de conocerlo… Me consta que la joven está interesada e ilusionada — trató de interceder el barón, Albin para los más cercanos, a pesar de que nunca había logrado convencer a su viejo amigo cuando algo se le metía entre ceja y ceja —. Debe mandarle un aviso, su padre empieza a sospechar, no puede seguir posponiendo el enlace.

— ¿Y tan malo sería? – preguntó el marqués –. De peores hemos salido.

Albin se encogió de hombros, gesto que a Max le resultaba sumamente molesto. Con ganas de golpear a quien no tenía la culpa, el marqués se detuvo en la puerta, mientras esperaba pacientemente a que le echasen la capa sobre los hombros.

— Discúlpame con ella, o mejor, ve en mi lugar. – No era una sugerencia, no precisamente. Max llegó hasta el barón en dos zancadas y palmeó sus hombros –. Seguro que sabrá ganársela.

— Será su mujer.

— No soy un hombre celoso – se rio Max, deteniéndose ante el gran espejo de la entrada y admirando su postura. Se colocó el pañuelo en el chaleco y sonrió con descaro al resultado –. Dile cuánto sueño con ella, lo mucho que anhelo sus labios.

Fue pensar en labios y regresar a la pordiosera que había tenido el descaro de retarlo. Cuando creía que tendría entre sus manos a un animalillo herido que se arrastraría por sus caricias, que suplicaría por su presencia y no tendría voz para responderle, su pordiosera había sacado los dientes y lanzado palabras que le haría pagar.

— ¿Sonríe? ¿Debo preguntar a dónde se dirige?

Max se giró hacia su amigo. Guardó sus dedos perezosos en el interior de dos suaves y cálidos guantes.

— Regresaré tarde – comentó el marqués sin más.

Y cuanto más lo acercaba el carruaje a su "amante" más se perdía él en el recuerdo de sus ojos, sus labios. Se recordó a sí mismo plantado ante lo que su disfraz insinuaba, imaginando lo que sus ropajes ocultaban y deseoso de desenvolver lo que se le antojaba un regalo perfecto. Ella no quería ser hermosa, sencillamente lo era.

Quiso besarla para borrar la tristeza, para alimentarla y alejarla de las penurias. Cuando tembló e intuyó el frío de sus pies quiso protegerla, incapaz de pensar en los males que había tenido que enfrentar.

Se dijo que era a causa del interés y desechó cualquier implicación ante lo que le costó retirarse una vez le ordenó que le llevase las flores al anochecer. Él la habría cargado sobre su hombro y se la habría llevado, le costó horrores pensar en las habladurías que tal acto produciría, en lo mal parados que saldrían todos los planes que con tanto cuidado había trazado.

Esperar había sido más duro de lo que había imaginado.

— Voy a preocuparme por el estado de su hermano — se dijo, sabiendo que esa era la excusa que esgrimiría para acercarse. A pesar de que sabía que no podría negarse a saciar sus instintos, la idea de hacerle daño lo asqueaba.

Cuando el cochero detuvo a los caballos esperó a que le abrieran la portezuela. Caminó plantando con fuerza los pies en cada uno de sus pasos, recordándose quién era, recordándose que no había motivos para esos nervios que tan lejanos quedaban.

La ama de llaves abrió sorprendida. Desde que la había contratado no había vuelto a verla y no recordaba su nombre, aunque eso no importaba. Le ofreció la capa, la chistera y los guantes, dejándola atrás al momento.

— ¿Dónde está? – preguntó al aire, el mayordomo apareció de entre las sombras presto a cumplir sus deseos.

— ¿La joven? En la habitación de invitados – respondió el mayordomo, Nicholas, cediéndole el paso.

— Infórmeme. ¿Ella se encuentra bien? Necesito que le consigan vestidos, gorros, guantes… – Se detuvo y se giró –. Todo cuanto precise – matizó, con ojos brillantes. Ese era el papel con el que la envolvería antes de desnudarla, antes de descubrir sus secretos.

— Como desee. Mandaré llamar a una costurera.

— Que no se preocupe por los gastos – agregó el marqués. Se detuvo en lo alto de las escaleras que acaban de subir y despidió al mayordomo con un gesto suave. Cuadró los hombros, lo sintió necesario para enfrentarse con su gatita callejera.

Oyó las voces lejanas, intuyó una suave risa que cayó sobre él como la fina lluvia de la primavera. Era el sonido de la alegría, esa que no precisa de dinero o complementos, una alegría sincera que él nunca había alcanzado.

— ¿Lo has escuchado? Te recuperarás. Comerás bien y te recuperarás – exclamaba Noemille, sin creérselo del todo, temiendo abrir los ojos y descubrirse en la misma paja mugrienta, sosteniendo los fríos dedos de su hermano –. ¡Te pondrás bien! – gritó contenida, abrazando con suavidad el fino cuerpo de su hermano y aspirando su conocido aroma.

Puede que Marcus necesitara un agua, o un baño en el que frotasen su piel a conciencia y, puede que ni así, conseguirían descubrir el verdadero color de su piel. Ella no pensaba en eso, era precisamente ese olor avinagrado el que le había pertenecido siempre y el que la joven relacionaba con el hogar, el cariño y el amor más puro.

Max se descubrió a sí mismo al otro lado de la puerta, con la mano alzada, un espía de un momento que no le pertenecía y, de cierta forma, envidiaba. Quiso entrar, no supo qué diría. Ella estaba feliz, ¿y si rompía su sonrisa con su mera presencia?

¡¿En qué estaba pensando?!, se recriminó mientras apretaba el pomo de la puerta. Ella era suya, lo sería hasta que él lo decidiera y si tan contenta se sentía era justo que se lo demostrase.

Entró sin llamar, los observó a ambos desde la altura, con sus ojos azules transmitiendo un frío que congeló las sonrisas de los presentes.

— Marqués – dijo Noemille, alisándose la vieja falda del vestido que el ama de llaves le había hecho llegar. Raído, precioso para ella –, no contaba con usted.

— He dicho que la sorprendería. ¿Su hermano se encuentra mejor?

— Sí, gracias por su interés. – Ambos formales, al menos en apariencia. Noemille no quería mirarlo, sus ojos la traicionaban. Él, por el contrario, la recorrió varias veces anotando diminutos detalles que encendieron su lujuriosa mente.

— ¿Me acompaña? Me gustaría conversar con usted ciertos detalles. – Le ofreció el brazo galantemente, un gesto que podía parecer insignificante y no podía rechazar.

Caminar hasta él y dejar reposar los dedos sobre el brazo de un hombre que nunca debió rozar, fue una prueba que no debía afrontar sola. Debía confiar en alguien que, si lo pidiera, podría hacer que le cortaran la mano solo por mirarlo. Por un instante parecían iguales, pero no lo eran y Noemille debía recordarlo.

>>Está usted preciosa.

— Gracias, milord.

— ¿No va a decir nada más? – preguntó él.

— Quería disculparme – dijo ella con la boca pequeña, traicionándose a sí misma y lo que siempre consideró justo. Marcus, su rostro, fue cuanto precisó para continuar –. Usted me ha dado el mayor de los regalos y haré cuanto me diga. – Quiso levantar el rostro, un lastimoso gemido rasgó su garganta ante la cercanía y el aroma masculino.

"Que no sea hoy. No estoy preparada", suplicaba el corazón femenino, aunque sus labios callaban, permaneciendo firmemente apretados.

Max la guio hasta la biblioteca y se encerró con ella. No quería parecer demasiado obvio, pero necesitaba acunarla en sus brazos, sentirla, conocerla.

— Debería descansar – susurró, pasando los dedos por las ojeras que enmarcaban los ojos grises de Noemille. Tantas noches cuidándose de lo que las frías calles de Londres le deparaban, noches en las que velaba por el sueño de su hermano, mientras protegía lo único que a ambos les quedaba, la habían desgastado.

— Lo haré, ahora que mi hermano se recupera. – Ella se estremeció y quiso retroceder, forzando a su cuerpo para no ceder a dicho impulso –. Dígame qué espera. ¿Desea que me desnude? – No podía mirarlo. Sus labios temblaron, sus ojos atravesaron la ventana del fondo mientras llevaba los dedos a los lazos de un vestido que sentía como una armadura, de la cual no estaba preparada para deshacerse.

— ¿Se encuentra bien?

Noemille asintió, incapaz de más.

>> ¿Me teme? ¿Teme lo que pueda hacerle? – insistió él, rozándole el hombro derecho y trazando el arco de su cuello,

para acunar su mejilla – No haré nada que no desee. Tengo tiempo y lo emplearé en descubrirle lo que de verdad necesita.

— ¿Hoy no…? ¿No me…? – No encontraba una palabra que no fuera fornicar, y no era una que emplearía ante el marqués –. Gracias.

— ¿Eso cree? No sabe lo que dice porque no sabe lo que rechaza. – Siguió tratándola como una dama pues no encontraba otra forma de hacerlo. No quería empañar la mirada gris de la muchacha, tampoco hacerla temblar. No quería recordarle que era menos que él cuando quería que juntos llegasen a la cumbre del placer.

No, si iba a compartir su lecho debía demostrarle que en la soledad eran iguales, que atrás quedaba el mundo y él podía hacerla disfrutar.

— ¿Qué desea?

— Que nos tuteemos. Cuando nadie se encuentre presente, ya que eres mi amante, no creo que exista otra forma de hablar que no sea entre roncos susurros y si me llamas milord…

— Puedo hacerlo. No le… No te decepcionaré.

— Además, me gustaría que me besases – pidió con un áspero gemido él, tenso, ansioso por probar su roja y suculenta boca. Quería que ella acudiera, que tuviera el mando, aunque sería hasta doloroso no arrebatárselo.

Max había vivido con prisa toda su vida. Cuando posaba los ojos sobre algo lo tenía, no había espera ni negociación, aunque descubriría que al lado de ella esperar podía ser tan placentero como tomar lo que deseaba.

Ella lo miró, sus pestañas, largas y oscuras, se mecieron ante la duda, el temor, la vergüenza de no saber cómo hacerlo. No había pedido mucho, ¿verdad? Si solo quería rozar sus labios,

¿por qué la idea de dar un paso y acercárselos significaba para ella lo mismo que lanzarse al mismo abismo? Mil miedos y dudas, mil posibilidades, como que se percatase de que ella no valía el precio que había solicitado, viéndose de nuevo en la calle, presenciando como su hermano se debilitaba definitivamente.

No, no podía perder su interés. Sonrió, queriendo ser coqueta. No estaba acostumbrada. Podía vender flores, cintas, sombreros. Podía cantar y recitar cuentos por unas monedas. Sabía incluso cómo sustraer con pericia una buena bolsa cuando no le quedaba otra opción, ninguna de esas mañas la había preparado para avanzar hasta un hombre que la hacía sentir pequeña, diminuta.

Noemille no supo qué hacer con las manos. Sus brazos cayeron a ambos lados de su cuerpo, tensos, dos palos que no encontraban su lugar, aunque una voz en su cabeza le "sugiriera" que los acercase al marqués, que envolviera su cuello y puede que de esa forma encontrase una postura más cómoda para lo que iba a hacer.

Minutos que transcurrían, en los que, aunque no habían llegado a rozarse, los alientos se especiaron, el sudor se deslizó por el cuerpo femenino y el aire se convirtió en un perfume conocido para él.

El rubor de las mejillas le dio la respuesta cuando Max creyó que ella rechazaría su petición. Estaba tomando fuerzas, temblando, necesitando un apoyo que no podía darle por miedo a que se sintiera atada.

Avanza, pensaba él. Un poco más y yo te recogeré, añadió con la ansiedad en la boca del estómago. Un hambre que crecía cuanto más esperaba, cuanto más presenciaba la lucha interna que en ella se desarrollaba.

Noemille quiso llegar hasta sus labios y se puso de puntillas. Una postura que hizo que trastabillara e, instintivamente, aferrase la pechera de su chaqueta, llevándolo a ella y chocando con suavidad.

Era tal cuál él había imaginado, cálida y suave. Ella no se movía, él envolvió su cintura y la sostuvo cual mariposa, dándole alas para que tuviera la valentía de acompañarlo. Un solo beso y supo que, por el momento, era suficiente para él. Se percataba del esfuerzo titánico que ella había llevado a cabo y eso solo podía significar una cosa, algo que a él le hizo más ilusión de lo que creía posible...

Y no pudo seguir pensando en nada. Ella le robó las ideas al temblar, al apretar los dedos y la boca contra él, al gemir y entreabrir los labios, dándole acceso al lugar más dulce en el que nunca entró.

Ella sabía a libertad. ¿Era posible? Mas no encontraba otra forma de describirlo, como si su sabor le hiciera soñar con romper las normas, con los tesoros que nunca imaginó y ahora estaban a su alcance. Ella acogió su lengua y el calor le recorrió las entrañas, su lengua acudió sin saber cómo, qué movimiento era el adecuado.

El gruñido del marqués fue un latigazo que la hizo pensar que, aunque imposible, ella tuviera un poder único sobre su persona. Ella lo tenía entre sus manos y él se dejó hacer. Ella sonrió enternecida al sentir los dedos de él en su nuca, masajeándola, al tiempo que su lengua descubría el interior de su boca.

— Ha sido suficiente por hoy — dijo Max, posando la mano en la mejilla de su gatita y notando el calor que su piel exudaba —. Ahora debo ser yo quien te lo agradezca.

Ella no quería llegar a más, nunca había querido, no

obstante, bajo su piel no parecían estar de acuerdo y sitió enormes deseos por permitirle, aunque solo fuera abrazarla.

Asintió desorientada.

>> Puedes regresar con tu hermano.

Noemille asintió de nuevo, con el estómago cerrado y la mente en lo que acababa de hacer, sin reconocerse en la audacia y el placer que la recorrió.

— Marqués – lo llamó antes de abrir la puerta de la biblioteca.

— ¿Qué sucede?

— Cuando mi hermano se recupere lo suficiente nos iremos – confesó, llevaba pensando en ello desde el mismo instante en el que supo que aceptaría. Ese no era su lugar y nunca lo sería –. Espero que pueda comprenderlo. – Pasó los dedos por la madera de la puerta. Suave, duradera, perfecta. Tantos objetos hermosos que coleccionaban sin pensar en que, con uno solo, muchos de los niños que ella había visto morir habrían tenido para comer.

— ¿Por qué habrías de querer abandonarme?

Ella se giró y sus ojos hablaron, gritaron. ¿Por qué? Porque era mejor irse que ser expulsada. Porque si no lo hacía podía acostumbrarse a comer todos los días, a dormir en un cálido lecho, a vestir ropas hermosas y a sus besos... ¿Y si se acostumbraba a sus besos y él se los quitaba? Ella no era nadie, nadie la protegía.

Noemille sabía lo que quedaba de las mujeres que lo daban todo, ella no sería estúpida y estaba más que preparada para proteger su alma. Se había visto obligada a aceptar, rápido y sin pensar, ante la urgencia de la situación de su hermano.

Viendo que Max esperaba una respuesta dio la que más aceptable se le antojaba.

— Es lo mejor para ambos. – Sonrió, mas el gesto nunca llegó a sus ojos.

CAPÍTULO 5

El mundo es cruel. Es una lección que la vida no había tardado en mostrarle y que Noemille aceptó como una verdad universal.

No importaba el dolor que llevase a cuestas, ni el llanto hambriento de su hermano. Cuando más lo habían necesitado nadie les tendió la mano.

Había días en los que creía dejar el pasado atrás, negándose que pudiera recordar cómo fue no tener nada que darle de comer o la primera vez que robó una botella de leche para Marcus. Creyó, ingenuamente, que ante tamaño pecado la culpa la carcomería, que el infierno se abriría bajo sus pies y se la tragaría. Nada de eso sucedió. Al contrario. Cuando Marcus bebió con ansia lloró de dicha ante los sonidos que producía, preguntándose si lo lograría de nuevo, decidida a todo por conseguirlo.

Siempre con él a cuestas, siempre juntos.

Pensó en ello mientras lo acariciaba y observaba dormir, tan diminuto y había pasado por situaciones horribles. Desear cambiar su destino no lo hacía posible, pero le habría gustado. Se conformaba con poco, daría su sangre porque él fuera feliz.

Su respiración tranquila la hizo mucho más dichosa que la mejor de las joyas. Besó su frente con cariño, con adoración. Tomó su cuerpo y lo hizo encajar en el hueco que ella dejaba, tan acostumbrada como estaba a darle calor para que consiguiera descansar, ahora no encontraba otra forma de cerrar los ojos.

Habían pasado dos horas desde el beso que seguía hormigueando en sus labios, un contacto sin vida, al menos eso se repetía. Un contacto necesario que no significaba nada.

Creyendo que el marque de Carisbrooke se había ido ya se había relajado, pero la puerta se abrió dejándole ver su cabeza. Ella se giró y él avanzó en silencio.

— ¿Qué hace aquí? – Tapó el cuerpo de su hermano temiendo que, al verlo, se arrepintiera de tenerlo allí. Se mostró áspera, lista para atacar y defenderlo.

— Quería saber que os encontráis bien antes de irme.

— Claro. – Asintió, sin creerle ni una palabra.

— ¿Es tuyo? – La duda llegó de pronto, al ver el asombroso parecido entre ambos. El niño, incluso en la inconsciencia, buscaba el calor de su hermana. Sus diminutas manos tanteaban el aire y, solo cuando encontraban el cuerpo de la única familia que le quedaba, caían con calma y le permitían descansar.

— Siempre lo ha sido – aseguró ella, era lo único de lo que estaba orgullosa.

Él la había besado, se dijo, ella no era la madre. Notando que Noemille no añadiría nada más, se aproximó hasta ella y se inclinó sobre su rostro.

— ¿Qué hace? – inquirió la joven asustada, abrazando a su hermano como si quisiera protegerlo del mundo mismo, de él.

— Pensé que podríamos saludarnos y despedirnos con un beso – sugirió con una sonrisa de medio lado que le dio a su rostro un aire de depredador que encogió el estómago de Noemille –. Un beso solo nuestro.

Se mordió la boca, los dientes femeninos atraparon su grueso labio inferior y lo estrangularon al sentir que las dudas la ahogaban. De reojo vigilaba el pecho de su hermano, no quería que la viera, no quería que descubriera nunca a lo que había accedido.

>> ¿Un beso? – repitió Max, aunque por la forma en la que ella lo esperaba ya supo la respuesta.

Rozó sus labios, iba a retirarse cuando la mano derecha de Noemille rozó su mejilla y Max gimió perdido. Entró en su boca cual huracán, listo para arrasar con todo, sabiendo que no obtendría más y necesitando el recuerdo de ese instante.

Cuando se retiró se pasó la mano por sus rubios cabellos desordenándolos, mirando el vestido que ella todavía llevaba como el peor de los insultos.

>>También has de ordenar que te hagan camisones y ropa para dormir. – Se mordió la lengua para no añadir que con él nada de eso precisaría, no era el momento de asustarla con lo que él ansiaba.

— Yo no ordeno – siseó Noemille, no soportaba esa palabra ni lo que conllevaba.

— Pues habrás de hacerte escuchar, encuentra la forma. No quiero verte descansar con una prenda tan incómoda.

— ¿Incómoda? – se rio ella, incapaz de morderse la lengua. Alzó la ceja derecha con desdén, él no sabía lo que era eso. Podía poseer grandes vocablos, pero la realidad le pertenecía a ella – No sabe de lo que habla – escupió la joven volviendo a marcar la distancia, una distancia que no podía ni debía olvidar.

— Lo es si lo que deseas es descansar.

Noemille dejó a su hermano, se dijo que unos minutos. Se alzó necesitando estar a la altura de su contrincante, siguiendo un impulso que con él nacía sin más.

— ¿Acaso duermo sobre el suelo? ¿Acaso tengo que tapar NUESTRO cuerpo con mis escuálidos brazos? Nada sabe del mundo que cree poseer y nada hace por mejorarlo.

— ¿Por qué habría de ser esa mi intención? — preguntó el marqués con desdén.

Ella se acercó furiosa, con el rostro por delante y el ceño fruncido. Puede que así fuera el mundo desde que fue creado, puede que así fuera, sin embargo, se negaba a aceptarlo cuando estaba al lado del marqués, a quien poco le había costado cambiar su realidad por obtener lo que, según él, solo ella podía darle.

¿Tan difícil sería? No, Noemille traspasó con sus pupilas unos ojos azules que brillaron divertidos y asombrados por su valentía, por la fuerza que transmitieron sus palabras.

— Cierto. Ni la suya ni la de ninguno de los que llama amigos. Encontrará más compasión en los que nunca han tenido que en los que tiran monedas a los pies de los que lo precisan, sin tomarse el minuto para dejarlas sobre sus manos. Podrías tratarnos como personas, pero prefieres mirarnos como animales.

— ¿Eso crees? — En un gesto rápido colocó un mechón tras la oreja de Noemille y tiró de ella con suavidad —. No lo negaré. Egoístas, crueles en ocasiones. Nada de lo que tenemos es suficiente, — Se detuvo un segundo, pensando en algo que dejó pasar — no obstante, no me avergüenzo de lo que soy.

— ¿Por qué hacerlo? – Sonrió desdeñosa, apartándolo de un empujón y sintiendo un ligero tirón en los dos pelos que se quedaron entre los dedos del marqués –. No me toque, no ahora.

— ¿Más tarde sí?

— Es por lo que ha pagado – replicó la joven, con la espalda recta y el rostro alzado.

— Puedes luchar por el mundo o por tu mundo. Por el primero yo no haré nada. – Se acercó de nuevo a los labios femeninos, dejando su aroma en ella, haciendo que respirase su esencia –. Por el segundo depende de ti.

Ella se giró para volver con su hermano y él abrazó su espalda.

>> A cualquier otro le habría cortado la lengua por atreverse a mucho menos de lo que tú has hecho.

— Pero con mi lengua buscas divertirte... – reconoció triste Noemille.

— Cierto. – Max enterró la nariz en los castaños cabellos de la joven, que pasaba del odio a la desolación en cuestión de segundos entre sus manos –. Será por eso.

¿Qué le sucedía a ella? Creyó que acostumbrarse a la calle fue complicado, aunque también lo era encontrar su lugar en un sitio tan inmenso, tan lleno de riquezas, sin saberse una extraña. Incluso cuando se tumbaba en la inmensa cama temía moverse, arrugarla, pues su mera presencia era algo inaceptable.

No lo apartó, fue él el que decidió hacerlo tras unos minutos.

>>Regresaré mañana, trata de descansar.

— Buenas noches, marqués.

CAPÍTULO 6

Llevaba años siendo un muchacho para el resto del mundo y era sencillo, el motivo por el que llegó hasta esa decisión era otra de las espinas que la había formado. Bajo la superficie, bajo su rostro tranquilo, sus palabras suaves, había sido herida en tantas ocasiones que su primer instinto era sacar las uñas.

¿Era extraño decir que era más fácil pelear, sobrevivir, luchar por el mañana, que ser feliz? Aceptar que lo tenía todo la dejaba con tiempo para pensar, para recordar. La dejaba emborracharse en lo que no quería hacer regresar, en lo que la había hecho convertirse en alguien de la que, aunque no se avergonzaba, tampoco podría compartir del todo con nadie.

Ella era quien era y ya no había marcha atrás. Los pecados serían siempre suyos, su hermano estaba limpio y eso era suficiente.

Mas fue la conversación anterior la que la llevó de vuelta a las sucias calles, la que le recordó el momento en el que cambió las faldas por unos holgados pantalones, cuando ocultó sus cabellos y nacientes pechos. Al final Nathael había logrado acabar con su vida, puede que no como deseaba, pero Noemille había muerto bajo sus manos.

Solo un año que se transformaba en una eternidad. Cuando se recordaba entonces no se reconocía, pues todavía conservaba la luz de la esperanza.

Incluso con la penuria calándole los huesos había querido que Marcus observara la belleza. Era tan sencillo como mostrarle el mar, no desde lejos, sino acercándose al puerto y perdiéndose en el atardecer, en la multitud de colores que el sol, al desaparecer en el horizonte, dejaba sobre las aguas.

La noche era peligrosa, lo sabía, no obstante, pensó que, con ir con cuidado, vigilando sus espaldas y escondiéndose en las sombras al regresar, habría de ser suficiente. Sin embargo, hay hombres que pueden oler la debilidad y corren tras ella, que atacan porque se saben vencedores, que buscan aplastar al enemigo.

Nathael la había cogido cuando ya se creían a salvo. Sus manos sudorosas la habían lanzado contra el suelo, había rasgado sus ropas en busca de su carne más tierna, mientras describía lo que haría con ella. No contaba con que pelearía, con que lo haría con más saña cuando él le rompió el labio y no dejaría de hacerlo cuando dejó caer un puñetazo sobre su frente.

— Te mataré – había prometido al ver que, en su estado de embriaguez, no lograría su cometido y, si no podía follarla, se quedaría con su vida.

Cuando las inmensas manos se cerraron entorno a su cuello supo que era el final. Lo miró sin miedo ni alegría, sin nada. Lo miró con comprensión, analizando los pasos que la habían llevado hasta ese momento, puede que con la pena de dejar a Marcus atrás, pero poco más. Ella estaba en un momento que debería causarle auténtico pavor y no conseguía más que un gemido quedo mientras clavaba las uñas en la piel del rufián que apretaba y apretaba, apretaba y apretaba.

— *Noe...* – *había lloriqueado Marcus, eso fue lo que la rompió. Un instante, una palabra mal pronunciada en unos labios que debían sonreír.*

¿De dónde había sacado las fuerzas para golpear la entrepierna del gigante? Su barriga inmensa se meció cuando se incorporó y protegió las joyas reales con las manos, queriendo oprimirlas para menguar el dolor que lo atravesó.

Noemille no tuvo tiempo de alegrarse, de sentir alivio, corrió como nunca antes al tiempo que las amenazas de Nathael resonaban en su cabeza.

— ¡Acabaré contigo! ¡Os despellejaré a ambos! – aullaba él, sin lograr dar un solo paso en su dirección.

Sus faldas habían sido las causantes pues, por un solo rato entre sus piernas, el gigante había querido matarla. Sus faldas fue lo que lanzó lejos, sustituyéndolas por unos pantalones y viendo en su sexo la debilidad, una funesta debilidad.

— Eres bonita... – había dicho Marcus, desde la ingenuidad de su infancia, cuando ella se recogió los cabellos y ensució la piel.

— Aquí. Siempre aquí – había replicado ella, llevando las manos de ambos hasta sus pechos, colocándolas sobre los corazones.

¿Era ahora, ser mujer, algo bueno?

Miró la protección que la habitación le daba, no era real, podía terminarse tan pronto como el marqués se aburriera. No podía contar con lo que no sería suyo.

Algún día habré de dejarla atrás de nuevo. Hablaba de 'ella' como si dos personas nadasen bajo la superficie, y, cuando se ponía unos pantalones, era el peor de los bribonzuelos que podías toparte en Londres.

No obstante, la joven que se acercó al espejo que había ante el tocador giró sintiéndose hermosa al tiempo que abría las faldas de su sencillo vestido. ¿Era ella? ¿Desde cuándo sus labios eran tan gruesos? ¿Estaba sonriendo? ¿Por qué lo hacía?

No dejaría que el marqués la hiciera caer en el engaño, como le había sucedido a su madre. No, ella no caería en las trampas que él colocaba, por muy placentero que pudiera parecer.

Se rozó los labios de nuevo.

CAPÍTULO 7

El día no había comenzado y los ojos de Noemille se abrieron, se levantó sin hacer ruido y se acercó hasta la ventana. Rozó las cortinas que escondían lo que fuera sucedía, dejando que sus ojos memorizasen lo que la rodeaba, era un recuerdo hermoso.

Regresó al lado de su hermano, besando su mejilla y arropándolo. Habría sido sencillo vivir así, ignorando cómo era el resto del mundo, lo que en East End o Whitechapel sucedía a diario. Pensar que una mala palabra ante un marqués podía ser más grave que golpear, o incluso acabar, con la vida de los que malvivían en las calles demostraba que el peligro no desaparecía entre esas paredes, si acaso se había intensificado.

Un ruido abajo la hizo acudir presta, curiosa. Viajó hacia las cocinas asombrada de que tan pocas personas precisasen tal número de habitaciones, tantos objetos que, probablemente, nunca llegasen a usar. Los cuadros que pendían en las paredes la seguían, ella corrió para esquivar sus miradas muertas.

— ¿Deseaba algo? — inquirió Nicholas, el mayordomo, que tenía la facultad de aparecer donde menos lo esperaban. Se desplazaba por la casa cual fantasma, sin dejar rastro de su presencia, pero siempre solícito.

— He oído... mi hermano tendrá hambre cuando se despierte. El doctor dijo que debía comer abundantemente – le explicó, dando sus motivos y rezando para que fueran suficientes para que el hombre, que la intimidaba, le donase algo que poder ofrecerle a Marcus.

— Le subiré una bandeja enseguida.

— No, no tienes por qué preocuparte – replicó Noemille con rapidez, sin querer causarle molestias. Si esa fue su intención erró, pues el gesto serio del mayordomo, unido a la fría mirada que sus verdes iris le lanzaron, retuvo su lengua.

— ¿Señorita? ¿Le sucede algo? – preguntó Nicholas suavemente.

¡Como si no lo supiera!, gritó la mente de Noemille. Le había 'recordado' el lugar que consideraba que la joven debía ocupar.

— Yo... – Cuadró los hombros, esforzándose en recordar que replicarle con uno de los múltiples exabruptos que, gracias a sus años en las calles, conocía no era una opción –. Me gustaría poder ir yo misma para elegir los alimentos. Además, nunca me ha gustado estar quieta. – Sonrió a modo de disculpa.

— Esa es nuestra tarea. Si desea caminar puede pedirle al ama de llaves que contrate a una dama de compañía para que la acompañe a usted y al joven al parque. Seguro que el muchacho lo agradece.

— ¿Para qué necesito a una dama de compañía? – preguntó Noemille frunciendo el ceño, ella no era débil. ¿Acaso la insultaba al no creerla capaz de bregar con los peligros que una zona de señoritingos colocase ante sus pies? La ceja del mayordomo resultaba tener la capacidad de amonestarla con mucha más severidad que cualquier palabra – No... no se molesten por mí.

Esquivó al hombre, que no se rindió y persiguió sus pasos. Era inquietante, siempre vigilada, prestos a hacer lo que con sus dos manos podía sin problemas. Ella se giró al final de las escaleras más cabreada de lo que, seguramente, sería correcto admitir.

— ¿Y bien? ¿Necesita 'usted' algo? – Hablaba despacio. A pesar de haber transcurrido los primeros quince años de su vida en ambientes que le habían enseñado el protocolo que se esperaba ahora de ella, las calles habían logrado que olvidase la parafernalia y emplease un lenguaje mucho más cómodo y directo. Su mente trabajaba con prisa, sin rendirse, para demostrar que podía hacerlo, aunque con cada palabra que soltaba tenía la seguridad de que no hacía otra cosa que darles motivos para chancearse sobre su persona.

— Temo que pueda perderse.

— ¿Y que le robe algo? – completó por él.

— ¡Jamás insinuaría tal cosa! Puede tomar lo que le guste, el marqués dejó claro que todos sus deseos deben ser satisfechos con celeridad – exclamó el espigado hombre, cuya frente despejada se agrietó ante el énfasis con el que quiso mostrar su molestia.

— ¿No? Pues sería lo lógico. – Se aproximó a un candelabro de plata y lo sopesó, deseosa de lanzárselo al hombre al rostro, disfrutando de sus nerviosos gestos mientras trataba de que no se le cayese –. Tentada estaría, desde luego. ¿Puedo hacer lo que se pase por mi mente sin que proteste? Tentada estoy en poner tamaña afirmación a prueba, puedo asegurarle que si me lo propongo puedo ser insoportable.

— No me cabe duda – comentó por lo bajo Nicholas.

— ¿Perdone? – Noemille estiró los labios, mostró los dientes y se acomodó en su nueva situación.

— Nada, señorita. — El mayordomo bajó un milímetro la cabeza. Pareciera que todas sus reacciones eran estudiadas, tan poco naturales que congelaban el ambiente.

— Me gustará chincharlo. — La joven se acercó y tiró del brazo que el hombre mantenía a su espalda. Lo obligó, con delicadeza, a cedérselo y se apoyó en él —. No debe preocuparse, el marquesito no lo sabrá por mí. Debe comprender que, si tanto desea hacerme feliz, necesito el calor que solo el afecto consigue transmitir.

Ella se apoyaba en él, paradójicamente también era ella la que tiró de sus pasos llevándolo a rastras. Desde luego a Nicholas no lo habían preparado para una situación tan estrambótica.

>> ¡Buenas mañanas! — gritó Noemille, casi consigue que la cocinera lance el pollo que desplumaba por la ventana. Si su idea era forzar al pobre animal a volar o no era tema para otro debate. Las dos mujeres que allí se encontraban se volvieron y la otearon como si dos cabezas más se hubieran segregado de su cuello — ¿Se encuentran bien? Las veo pálidas.

— Señorita, ¿necesita algo? — preguntó la cocinera, soltando el pollo, limpiándose las manos y soplando sobre unas de las múltiples plumas que se había pegado a su persona.

— Noemille, así me llamo.

— Señorita, el marqués nos dijo que eran amigos de su familia y como tal debíamos tratarlos — se excusó la cocinera, mirando de reojo a sus compañeros de labores que empezaban a divertirse a su costa.

— ¿Y se lo ha creído?

— ¿Perdón?

— Que si se lo ha creído buena mujer. ¿De verdad cree

que soy una de las señoritingas que suelen cuidar? No me romperé por limpiar la mesa y tampoco por ser sincera, no ocultaré quien soy ni mentiré sobre mi persona por contentar al marqués. Si tiene algún problema con ello que se dirija a mí – soltó la joven con bravuconería, disfrutaba retando las órdenes de un hombre que parecía haber impregnado su esencia en todos los lugares de la casa.

Noemille saltó del brazo de Nicholas hasta una de las tartas que enfriaban sobre la mesa, su boca salivó y sus ojos brillaron deseosos.

>> ¿Puedo?

— Por supuesto. Si prefiere otro plato solo tiene que solicitarlo. ¿Hay algo que le guste en particular? – Era amable, la intención de la cocinera no fue insultarla, aunque logró que su rostro se congelara y Noemille se escondiera en el centro de su ser.

¿Qué le gustaba? No comer los restos de la basura, no competir con las ratas para llevarse un trozo de pan duro a los dientes. ¿Qué le gustaba? No lo sabía, en el pasado había catado delicias que seguían en su memoria, delicias que creyó, llegado el momento, que eran creación de su imaginación.

— No importa – susurró Noemille, recogiendo el plato y lista para marcharse –. Las dejaré seguir con sus labores.

Al regresar a la puerta del dormitorio que ahora ocupaba su hermano se detuvo. Recolocó la máscara de felicidad que le mostraba a Marcus, la misma que ocultaba las penas, que mantenía a buen resguardo todo lo que no debía ni rozarlo.

— ¡A levantarse! El doctor dijo que debías descansar, aunque también hay que llenar esa panza tan hermosa – soltó alegre, dejando el plato sobre la mesilla y moviendo los rizos castaños que anidaban sobre la cabeza del pequeño. La sonrisa llena, y los ojos legañosos que la recibieron, fueron el mejor de los regalos –. ¿Y bien? ¿Voy a tener que arrancarte las sábanas?

— Huele bien.

— ¿Huele bien? ¿En serio?¡Rata ponzoñosa! ¡Nunca has probado algo tan delicioso! – Cogió un trozo con los dedos, sin pensar en el desastre que causaba o si lo mancharía todo a su alrededor. Sin pensar en lo impropio de su gesto, lo acercó a los labios de Marcus y lo dejó caer sobre su lengua.

El pequeño recuperaba el color, despacio, demasiado para ella. Besó sus labios con suavidad, un gesto que su madre había tenido con ella y mantuvo, sin saber por qué, con Marcus. Era su forma de devolverle a la madre que el pequeño no tuvo la oportunidad de disfrutar.

>> He pensado que hoy podríamos caminar – sugirió, esperando por la reacción de Marcus, que se lanzó sobre el plato y comenzó a devorar su contenido con ambas manitos –. ¿Y bien?

— ¿Salir? Nunca me llevas a ningún lado. Decías que era peligroso que me vieran – contestó él, con la boca llena y dejando salir algún que otro trozo de la tarta.

— Vas a atragantarte. Despacio… respira y tómate tu tiempo. Es tooooda tuya. – Lo calmó, pasando suavemente la mano por su espalda. Era tan pequeño en comparación que, cada vez que lo tocaba, temía que pudiera romperse, en ocasiones su fortaleza la hacía llorar, pues no tendría que haber sido tan fuerte sino haber estado más protegido.

— ¿A dónde iremos? – preguntó, con ese siseo que convertía cada palabra en algo único. No las pronunciaba dos veces igual, quizás hastiado con la fealdad de cuanto habían visto su espíritu creaba musicalidad a través de algo tan común como hablar.

— Al parque, dicen que no queda lejos. Podemos reírnos de los señoritingos, burlarnos de sus faldas y sombreros. ¿Sabías que ahora colocan pájaros muertos y estirados sobre sus cabezas? – Se rio con fuerza, quizás más de la que sentía como natural –. Podemos llevar una manzana y comerla sentados en un banco. El sol te sentará bien.

— Asi... Gracias – reculó, corrigiendo también su postura a medida que su estómago se llenaba. ¡Se llenaba! Nunca había dejado nada en el planto, ¿había comido alguna vez en uno? Sus diminutos ojos observaron el trozo de cerámica descubriéndolo de pronto, su cabeza giró, regresó a Noemille con inocencia –. ¿No volveremos?

— ¿Aquí? – Noemille estiró los brazos, abarcó el espacio que la rodeaba comprendiéndolo. Sería cruel cuando, una vez recuperado, tuvieran que regresar a las calles, arrastrándose por migajas, casi siempre podridas –. Por supuesto. – Porque con el futuro cargaba ella, no un corazón tan joven. Pelearía por aprovechar esos días o semanas para mejorar su situación, con la sonrisa que Marcus le dedicó comprendió que no había nada que ella tuviera que no regalase por él –. Ahora es tuyo.

— ¿Mío? – Sus ojos se abrieron asombrados –. ¿Todo mío? – Podía escuchar sus pensamientos, la duda, la incredulidad, la absoluta dicha –. ¿Podemos traer a más niños? – Y su inmenso pecho era insuficiente para un corazón que no concebía que pudiera tener tanto sin compartirlo.

— No podemos, cariño. – Pasó el dedo por su mejilla, llevándose con ella un trozo de tarta y saboreándola –. Puede que con el tiempo. Llegará el momento en el que podamos buscar a tus amigos.

Marcus zanjó el tema, lo abandonó y olvidó, con tanta rapidez que ella pestañeó asombrada. ¿Por qué perder el tiempo en lo que no se puede cambiar? La perspectiva de ir al parque, sin pensar en ganar unas monedas, sin trabajos que desempeñar ni la preocupación de sus estómagos, rugiendo ante la falta de atención, fue algo nuevo y valioso.

Golpearon la puerta y Noemille se tensó.

— ¿Quién es?

— La modista, ha venido a tomar sus medidas. Por el momento ha traído un vestido para usted y un par de pantalones para el joven, pero necesitará mucho más. – ¿Más que un vestido? ¿Más? ¿Para qué? Un vestido la tapaba, la protegía del frío. ¿Cómo podría llevar siempre con ella más? Se quedó pensando, al ver que la puerta no se abría Noemille se puso en pie y lo hizo ella misma, topándose con un rostro regordete y sorprendido.

— Pase. – Abrió más para dejarles espacio a ambas.

La modista, una mujer de origen francés que adoraba retar a la sociedad del momento, que se había llevado con ella demasiadas costumbres extranjeras que los estrictos modales ingleses no soportaban, sintió curiosidad.

— Hermosa, desde luego – reconoció madame Moreau, más para sí misma que para el resto, al tiempo que sus diminutos ojos negros, demasiado parecidos a los de un ratón curioso y tramposo, recorrían el cuerpo de Noemille haciendo cálculos mentales –. Algo me dice que tiene una historia entretenida que puede compartir.

— Y que usted es una cotilla redomada – replicó Noemille, cruzando los brazos sobre el pecho a la defensiva.

— ¡Señorita! – exclamó la sirvienta, Leonor, medio regañándola. Estaba estupefacta.

— Joven y con carácter. No abundan muchachas como usted – continuó la modista sin hacer caso de la interrupción.

Sin pedir permiso, acostumbrada como estaba a mover a damas mucho más importantes a su antojo para dejar sobre las manos de sus lacayos diseños dignos de princesas, tomó el brazo de Noemille y se dispuso a tomar medidas más precisas.

— ¿Qué hace?

— Encontrar aquello que haga que el marqués y usted, por supuesto, sean felices. – Madame Moreau le guiñó un ojo. Prosiguió como si no notase la renuencia de la joven –. Deberá quitarse el vestido para que pueda...

— ¡No!

— ¿Perdón? – Madame Moreau, que había extraído una serie de alfileres con los que pretendía sostener las telas para comprobar cómo le sentaban algunos colores, meció, cual espada, uno de ellos ante el rostro aniñado de Noemille.

— Iremos al parque, mi hermano precisa el sol que esta mañana nos regala. Puede que más tarde... – O nunca, completó la mente de la joven.

— No tengo tiempo que perder. – Madame Moreau se colocó en su camino, cerrándole el paso y de esa forma toda posible huida –. ¿De verdad va a avergonzarse a sí misma y de paso al marqués saliendo a la calle con esas pintas?

— Nadie sabe que él y yo... – se corrigió antes de soltar su secreto, mirando de reojo a Marcus para comprobar cuánto había escuchado y cuánto logrado comprender – Nadie conoce nuestra amistad.

— Por ahora. En Londres mantener un secreto como ese es imposible, por ello no debe dar pie a las malas lenguas que no dudarían en despellejarla. Yo no, por supuesto – se apresuró la Madame en añadir –. En mí puede confiar.

— No lo dudo... – Noemille apretó más los brazos y las

manos.

La nariz aguileña de la modista se alzó, mostrando su orgullo herido, antes de sonreír y mostrar unos dientes chiquititos.

— ¿Le va a hacer vestidos como los de las mujeres ricas? Esas señoras son crueles, pero Noe se verá preciosa. Ella es buena, muy buena. ¿Verdad Noe? — Sonrió con los dientes todavía impregnados de tarta y los morros sucios.

— No, mocoso mío.

— Deja que te pongan tan bonita como yo te veo – pidió Marcus, acercándose a mirar las telas.

La Madame lo apartó por miedo a que manchase tan caros tejidos, aunque no lo echó de allí.

— Va a ser todo un casanova cuando tenga la edad adecuada, muchacho – le dijo con una sonrisa cómplice –. Pocos caballeros consiguen usar las palabras adecuadas para calmar el miedo de una mujer, para conseguir que lo que tanto temen se transforme en lo que ansía.

— Mi hermana no es una mujer. – Ahora fue Marcus, una versión en miniatura de Noemille, el que cruzó los brazos. Desde luego en la sangre de ambos anidaba la de los guerreros más bravos.

— ¡Marcus! – lo regañó Noe, con las mejillas rojas.

— ¿Qué? Han dicho que eres una mujer y no lo eres. – Tosió con suavidad y Noemille acudió a él, para recogerlo entre sus brazos y sentarlo sobre la cama –. Mocoso, no debes esforzarte.

— Quiero ir contigo – lloriqueó él, creyendo que se había quedado sin su ansiada escapada.

Viendo que estaba rodeada, Noemille desanudó las lazadas del vestido sin vergüenza, ante las dos mujeres y su hermano, contando los segundos que la modista tardó en convertir su cuerpo en una serie de números que nada significaban para la joven.

— Perfecto. Ya tengo en mente una serie de vestidos que conseguirán poner al mundo a sus pies. Joven, si yo tuviera su rostro habría logrado que varios príncipes pelearan por mí – comentó Madame, recogiendo sus bártulos y dejándolos sobre las manos de la sirvienta –. ¿Podría dejarlos en manos de mi sirviente? La espera abajo. – Se lo tendió todo menos una maleta en la que Noemille no había reparado hasta entonces. Esperó hasta que Leonor se alejó y se acercó para susurrar –: Aquí le traigo lo que precisa mientras termino su ropero, las medidas del muchacho las imagino. Joven, con este vestido le aseguro que el marqués la mirará diferente, convertirá su deseo en posibilidad.

— ¿Lo sabe?

— No será la primera que me encuentro en su situación – asintió la modista.

— ¿Y me trata igualmente? El marqués me ha convertido en una prostituta bien vestida, sin embargo, – Giró los ojos instintivamente hacia Marcus –. se lo agradezco. Nada más pretendo conseguir de él. Saldaré mi deuda y volveré al lugar que nunca debí abandonar. Señora, conozco las historias que las mujeres de mi clase... los sueños que encierran en patrañas. No mienta para que me sienta mejor, puede estar segura de que conozco mi situación.

— No encuentro vergüenza en la necesidad, muchacha – se sinceró Madame Moreau –. aunque sí ingenuidad en sus palabras. Lo averiguará con los días.

Madame dejó un fino pañuelo blanco entre los dedos de la joven. En la esquina derecha una rosa, con su tallo lleno de pinchos y su nombre. Noemille... Era tan hermoso que su corazón lloró, le habría gustado no saber leer para que no fuera tan importante para ella. No obstante, su madre, la cortesana que a tantos nobles hechizó, decía que toda mujer debía leer y escribir, que el mundo de hombres no perdonaba la ignorancia.

— No puedo aceptarlo – consiguió soltar la joven.

— Juega con él, aprende a usarlo, a mostrar la fuerza que en ti se esconde, el poder que nosotras llevamos bajo la piel, en los ojos, en la sonrisa. No te conformes con lo que crees que eres, mucho más anida en un cuerpo tan hermoso y en una mente aguda como la tuya. – La modista se alejó y recompuso –. Recuerde que el vestido debe servirle al menos tres días, que serán los que tarde en hacerle llegar algunos más. Espero que el joven consiga mantener inmaculada la pequeña camisa que le he confeccionado. Recuerde cubrirlo con el abrigo de tweed.

— No lo olvidaré. – Le agradecía de corazón lo que había llevado, tenía la impresión de que había hecho mucho más de lo que el marqués solicitara, de que esas palabras de apoyo no las regalaba a todas las damas que a ella acudían. Si lo hacía, seguramente no fueran tan sinceras.

Cuando se quedó a solas con su hermano temió lo que fuera a descubrir. ¿Un vestido de fuertes colores que no hiciese olvidar a los viandantes que clase de mujer era ahora? La amante, la prostituta personal de un señoritingo que podía comprarlo todo, y podía.

Descorrió los cierres con temor, lo que allí encontró no podía estar más lejos de la creación de su mente.

Una auténtica obra de arte de seda azul, suave, cálido e

inmenso. Pesaba mucho, también estaba tan lleno de lazos y nudos que no creía ser capaz de ponérselo sola, y menos con la cantidad de complementos que encontró y a los que no fue capaz de poner nombre.

— Te parecerás a uno de los pájaros que comen en las calles. Todos te observarán, malamente podríamos sobrevivir con eso antes – señaló el niño, acurrucándose sobre la manta y observándola mientras la joven bailaba con dicho vestido.

¿Qué importaba el antes o el después? Esperar a ponérselo, a lucirlo... ¿Era para ella? ¿Debía dar las gracias? ¿Era necesario para que ella pudiera desempeñar el oficio más antiguo del mundo? Había visto a las prostitutas del puerto desempeñando su labor, sonriendo y ofreciendo carne a precios irrisorios, dejando que sus coloridos vestidos cayeran y dejasen sus pechos a la vista sin vergüenza. Sus vestidos... no podían ser más diferentes.

— Maximillian... – soltó su nombre con gratitud, si lo tuviera en frente lo habría abrazado, puede que incluso le hubiera cedido los labios durante unos minutos, así de dichosa se sentía –. Maximillian...

CAPÍTULO 8

Maximillian creía saber lo que era el aburrimiento hasta que tuvo que dar la segunda vuelta al parque con lady Coral colgada del brazo. Ella, con su sonrisa perfecta, sus rizos dorados escapando de un sombrero rosa que se mecía peligrosamente a cada paso, amenazando con caer, no conseguía liarlo en su insulsa conversación.

Su primera pregunta al verla fue, ¿cómo haría para acercarse con lo voluminosa que era su falda? Tan llena de adornos que apenas lograba moverse, lady Coral había alzado los ojos esperanzada, con una sonrisa que quería ser descarada, pero dejaba al descubierto el profundo miedo al rechazo que la joven guardaba celosamente.

— Milord, espero que no le moleste, mas mi hermana Samantha ha tenido a bien acompañarnos — se disculpó, aunque dado que no podían estar solos tampoco existía otra opción.

— Mientras pueda tenerla a usted cerca de mí... — susurró el marqués, inclinándose sobre la mano enguantada que ella le cedía. Por mucho que lo irritase, debía reconocer que lady Coral no tenía la culpa de nada y pagar en su persona su malestar no era una buena costumbre — ¿Me hace el honor? —

Y le ofreció su brazo.

A partir de ahí la conversación decayó más, si es que era posible. Vestidos, joyas y planes de boda. Una lista interminable de invitados, con comentarios en los que incluía lo que se susurraba sobre cada uno de los mencionados. Todos tenían un rumor, un chisme que ella esgrimía con la profesionalidad de quien lleva una vida en los salones de té.

— ¡Como se lo cuento! Lo encontraron en el jardín besando a la baronesa. La pobre no pudo hacer otra cosa que fingir que se ahogaba... – Se rio con suavidad lady Coral, dejando caer la mano con sutileza en su escote, para llevar los ojos masculinos hasta lo que dejaba intuir –. ¿Se lo puede creer?

— La tentación que algunas beldades, como usted, crea en los hombres puede tornarse irresistible – replicó Max, sin girarse a mirarla. No, él había atrapado algo por el rabillo del ojo y, cuanto más se fijaba, menos lograba creérselo.

A lo lejos, sentada sobre un banco, una mujer atrapó sus ojos y sueños. Sonreía con la naturalidad que todos los que Max conocía habían perdido, acariciando la cabeza de un niño, inclinándose con dulzura y dejando un beso en su mejilla que hizo que Max temblase, sintiendo una envidia que no pudo definir.

El vestido azul que la envolvía era espléndido, decorado con hilo dorado creaba una planta trepadora que terminaba en el escote. El dobladillo que enmarcaba sus pechos era impúdico incluso, mostrando mucho más de lo que él habría aceptado.

Max ardía por acercarse, por robarle una sonrisa, por lanzar sobre su gatita callejera unas palabras que agasajasen sus oídos. Quería ser él el que causase sus carcajadas, suaves, un susurro tentador que imaginaba entre las sábanas, que creaba una visión de ella despeinada, sudorosa, tentadora, que provocó que le costase dar el siguiente paso.

— ¿La conoce? – preguntó lady Coral, siguiendo el curso de la mirada de su prometido.

Y ante el silencio fue la dama, sin que Max se percatase de a dónde se dirigía, la que lo guio hasta los pies de una sorprendida, y nerviosa, Noemille.

Su gatita alzó sus ojos grises, que presagiaban grandes sorpresas, y Max despertó de su embrujo. Era ese color rojizo en las mejillas de la joven, su pelo castaño, trenzado con maña… Quiso arrancar el chal de Paisley que cubría sus hombros y tocar su piel desnuda, pasar después la lengua para marcarla con su nombre, para que le quedase claro a quien le pertenecía.

— Buenos días, no esperaba verlo – dijo Noemille con naturalidad y vergüenza. Su trato, tan cercano, no agradó a la prometida de Maximillian, que apretó el brazo del marqués clavando las uñas, algo impropio en una dama de su condición.

— Querida Noemille, esta mañana está radiante – respondió Max, con un ronco susurro que recorrió la columna de ella. Rodeados por tantos se observaban como si solos se hallasen, uno en las manos del otro, condenados a placeres que podían destruirlos. Poco le importó que ese 'querida' causase que su prometida casi se desvaneciera ante la impotencia de expulsar el malestar que le causó, el marqués solo veía a su gatita, tan salvaje… incluso cuando iba atrapada en un vestido que se ceñía a su cintura y la realzaba.

Lady Coral apretó más fuerte el brazo de Max, mientras sonreía con frialdad a la joven, que se encogió ante el estudio al que la sometió.

— Querido, ¿no nos presenta? – Lady Coral, ¡jamás!, se dirigiría a otro sin que antes le abrieran la puerta con las palabras adecuadas. Todo tenía un momento, un lugar, lady Coral inclinó la cabeza con suavidad.

— Por supuesto. Lady Coral ella es mi protegida, lady Noemille.

¿Su protegida? ¿Eso era para el resto del mundo? Esa palabra en los masculinos labios de Max le hizo recordar el único beso que había recibido nunca, sintiéndolo en la punta de la lengua. Tembló y se acaloró, Noemille buscó la diminuta mano de Marcus.

Al sentir a su hermano tomó aire con demasiada fuerza.

— Querido, es usted muy tímido. Soy lady Coral, SU PROMETIDA – recalcó con ávido interés lady Coral.

— Enhorabuena, seguro que serán muy felices – gimió Noemille, rozando con delicadeza su cuello al notar que le costaba continuar. Su garganta estranguló las últimas palabras, la desconfianza que sintió ante tamaño descubrimiento hizo que observase al marqués con nuevos ojos.

Noemille no era nadie para juzgar, él no la había engañado. Debía recordarlo, aunque era más difícil de lo que parecía cuando la observaba como si quisiera bajarle el mundo, como si perdiera el aliento y solo fuera capaz de llenar sus pulmones con el aire que ella soltaba. Porque, aunque los labios de Maximillian no pronunciaron ninguna promesa, es más, fue crudo en sus deseos; sus gestos, sus atenciones, su comprensión, había creado ilusiones en quien, tras la defunción de su madre, no recibió otro gesto cálido.

— ¡Cierto! – el gritito agudo de lady Coral taladró los oídos de su prometido, que se concentró en recolocar el cuello de su camisa para evitar alejarse de la joven dama.

Lady Coral, que llevaba el abanico cerrado y colgado de su

brazo izquierdo, para que todos supieran que estaba felizmente comprometida, lo recogió y golpeó el brazo de su "amado" a falta de poder usar la mano que tenía sobre el brazo masculino. Estaba impaciente y necesitaba que el marqués lo supiera.

Pues el marqués no lograba despegar las pupilas de las de la joven Noemille y ella no bajó los ojos, no, ella peleó a su manera contra el calor que él le provocaba. Conseguía que temblase sin tocarla, que gimiera incluso cuando sus dedos estaban sobre otra y ese 'otra' no le gustaba, por algún motivo supo que jamás podría soportar a lady Coral.

— ¿Lo está pasando bien? ¿Su hermano se encuentra mejor? – Quiso llegar al corazón de su gatita y no encontró mejor forma que mediante el niño que abrazó con fuerza el brazo de Noemille. Tanta confianza y complicidad, un amor que las adversidades había fortalecido hasta lo imposible.

— Sí, le agradezco su ayuda. Empieza a recuperar el color, aunque todavía se encuentra bastante débil.

Leonor, que había aprovechado para acercarse a una de las tiendas y comprar un sombrero para su señora, regresaba a la carrera mientras resoplaba. Los miró y trató de reordenar las faldas, secando su rostro en un gastado pañuelo que había perdido el color. Se detuvo a varios metros y caminó más tranquila, queriendo creer que no la habían visto regresar corriendo, cual caballo desbocado.

— Milord – Leonor se inclinó al pasar por su lado, le tendió el sombrero a Noemille y no pudo contener su lengua al añadir –: Es de su color favorito, señorita.

Lo miró absorta, olvidando a los presentes de pronto, tomándolo y llevándoselo a la cabeza. No consiguió ponérselo, le faltaban las horquillas y la maña necesaria, mas antes de que Leonor pudiera ofrecerse el marqués ya se había soltado de las manos de lady Coral y acudido a su ayuda.

Nadie diría, por la cara de concentración del marqués, que estaba recolocando un sombrero violeta de ala ancha sobre su gatita, protegiéndola del sol como si su suave piel no pudiera soportar el toque del astro rey. Cierto, Max no soportaba que nadie, que no fuera él, pudiera rozarla. Quería poseerla, no solo su cuerpo, sino ese brillo ilusionado que iluminaba su mirada. Quería besarla, morder su boca traviesa y dejar en sus manos mil regalos más que lograsen que fuera dichosa.

¿En qué erró? En que, si de algo sabía, desde luego no era cómo poner un sombrero. Quitárselo, arrancarle la ropa, era otro tema. Sonrió, tras unos minutos, mirándola tan cerca y silenciosa. Ella esperaba a que él terminara, permitiéndole que enterrase los dedos en sus cabellos, deslizándolos por su cuero cabelludo, un gesto tan sensual que la boca del marqués se secó en muda respuesta.

No quería separarse, no quería aceptar que no lo lograría y mantuvo la cercanía unos segundos. Bajo el sol, allí donde cualquiera podría reconocerlo suspirando por quien nada era, más que una obsesión que crecía en su mente. Apretó las manos en dos fuertes puños, para impedirles que siguieran tocándola.

Max se apartó de ella, que tenía los ojos velados por la misma pátina brillante que convertía sus alientos en masas vaporosas y húmedas. Se observaron notando en el otro la misma ansiedad por rozarse, ella deseando un beso, él mucho más.

— Leonor – tosió el marqués para aclararse la voz –, ¿le importaría ayudarnos?

Lady Coral no podía sentirse más excluida.

— Querido, se hace tarde y temo que padre pueda

molestarse con el retraso – lo amenazó la joven dama, deseando muchas cosas que, desde luego, no eran volver a tomar el brazo que Maximillian volvió a tenderle.

— ¿Nos disculpa? – le preguntó el marqués a Noemille. Necesitaba que la joven asintiera, que no lo tuviera toda la tarde, o el tiempo que le llevase escabullirse hasta sus brazos, preguntándose si estaba molesta con lo sucedido.

— Por supuesto, vayan y disfruten – le concedió Noemille, no obstante, necesitaba herirlo porque ella estaba molesta, aunque no pudiera explicarlo, no con palabras. Sin embargo, la emoción era tan intensa que la sintió recorrerle la piel, suplicándole que lo castigase –. Estoy segura de que ella sabrá disfrutar de sus atenciones.

Lady Coral abrió la boca sorprendida, Max la traspasó por lo incorrecto de su insinuación. Fue Noemille la que, cogiendo la mano de su hermano, pasó al lado de ambos prometidos y, seguida por una asombrada Leonor, emprendió el camino de regreso.

Si hubiera seguido en las calles lo habría golpeado, porque sí. ¿Era agresiva? No, desde luego que no. Los que la conocían decían que tenía más paciencia que un santo, que rara vez alzaba la voz y sus gestos eran demasiado delicados para el lugar al que pertenecía. No obstante, eso no impidió que, cuando Rossanne trató de robarle el bollo que, ella había sustraído previamente para su hermano, la aferrase por su roja cabellera y barriera las calles con ella. Quiso hacer lo mismo con lady Coral, era injusto, pero habría disfrutado.

CAPÍTULO 9

Lo esperaba, lo hacía desde que llegó a casa y el momento había llegado.

Maximillian entró, lanzó el sombrero y abrigo sobre el mayordomo, y la buscó mientras gritaba su nombre. Quería recordarle cuál era su lugar, decirle que, por muy atento que se hubiera mostrado con ella, ¡jamás!, le permitiría un desplante como el que había protagonizado en el parque. La conversación fantasma que había mantenido ocupada la mente masculina las últimas horas, robando su atención de cualquier otro asunto que no fuera enfrentar a su gatita callejera, mostrarle que su amo siempre sería él, se desvaneció ante ella.

La encontró sentada en una butaca, ojeando un libro que leía con una lentitud desesperante, mientras desentrañaba con bastante dificultad palabras cuyo significado la esquivaba. Las delicadas y maltratadas manos de Noemille no se alejaron del preciado volumen, solo sus ojos demostraron que lo había escuchado llegar, alzándose, retándolo.

— Buenas tardes, no lo esperaba tan pronto – dijo ella, con fingida indiferencia. – ¿Quiere tomar algo? Tengo entendido que eso es lo que ofrecen las señoritingas de su clase.

— Esa lengua...

— ¿Mi lengua? No parecía molestarle ayer, cuando la usó para su disfrute. Claro, olvidaba que para eso me sacó de las calles. — Cerró el libro con más fuerza de la necesaria, para dejarlo después sobre la mesita de té —. No obstante, teniendo en cuenta que me sacó de la basura no debe estar tan asombrado por la forma en la que me dirijo a los suyos. Bastante bien me expreso.

— Sabías que no debías compararla con... — empezó Maximillian, tuteándola, no soportando la distancia que ella se empecinaba en mantener.

— ¿Conmigo? — Vio el dolor que la pregunta escondía —. Ella jamás se prostituiría, jamás dejaría que la mancillasen, que la tocasen como usted hace conmigo. Toma mi piel, mis besos y suspiros, esperando que disfrute y lo complazca — le resumió, trayendo el beso a sus mejillas, a sus labios y lengua, a su corazón, que incrementó su ritmo al notar la cercanía del varón.

— Eres más que eso.

— ¿Más? ¿Qué soy? Puede que la necesidad más desgarradora me llevase a tomar su oferta con una sonrisa, pero no se equivoque. No es algo agradable. — Perder el control de sí misma, de los sueños que, aun sabiéndolos imposibles, siempre mantuvo.

Desde niña, desde que tuvo la edad para comprender que los hombres que acudían a su madre lo hacían con sucias intenciones mientras la miraban apreciativamente, como si esperasen el momento en el que tuviera años suficientes para... Desde ese instante quiso ser diferente, tener un hogar digno, un esposo que la respetase y muchos niños a los que cuidar. Se decía que no importaba que fueran pobres, que con sus manos trabajaría lo suficiente para lograr ser diferente a lo que su madre le mostró.

>>Soy una prostituta, solo que para usted. Su amante, una

palabra que creen que vale más que la de meretriz, aunque la función de ambas es la misma. Debo estar perfecta y deseosa, decorará mi cuerpo con regalos, pero eso no hará que cambie nada. — Había tal aceptación que lo hizo sentir asqueroso.

¿Por qué estar con él era tan horrible para ella? Nunca tuvo necesidad de pagar porque lo aceptasen en el lecho, solo había puesto precio a lo que deseaba de ella para ayudarla, la habría tenido de todas formas. ¿Acaso no era suficiente?

— Nunca habrías podido ni soñar con lo que tienes a mi lado – escupió Max molesto –. Eres una desagradecida.

— Es cierto. – Sonrió y dio un paso en dirección al marqués.

— ¿Tan difícil sería que disfrutases de los años que pasemos juntos? – le preguntó, callando para darle espacio para pensar, para recapacitar. La miró y suplicó porque cediera, quería que se abriera a él, que le dejase mimarla, adorar su piel y enseñarle, mediante besos y tiernas caricias, que podía ser mágico.

— ¿Qué quedará después de mí? ¿Qué harás con los pedazos? ¿Los lanzarás a la calle?

— Nunca te haría daño – aseguró él.

— Ya lo he visto antes. – Ella caminó hasta la ventana y apartó la cortina, para mirar lo que acontecía afuera, incapaz de centrar su vista en él –. Reconozco nuestra historia, las consecuencias de los actos de un noble goloso que descubrió algo con lo que quiso jugar y no lo soltará hasta que...

— ¿De qué hablas? – La giró con brusquedad, haciéndola callar. La tomó por la cintura cual mariposa, reconociendo el temor en el reto de su gesto –. ¿De qué hablas? – agregó bajando el tono, transformándolo en un rumor que los unió.

No me mires de esa forma, suplicó el pecho de ella. No me

mires así, lloriqueó cansada.

— ¿Ahora debo guardar silencio? — Tembló diminuta, tan poquita cosa en comparación con el gran marqués. Él, que tenía la facultad de ocupar todo el espacio, acorralándola —. ¿Qué debo hacer? — Le tembló el labio inferior.

— ¿Qué deseas hacer?

— Hace mucho que ya no deseo. — Se giró, él no la soltó y recibió la caricia del cuerpo masculino rozándola, sus duros y tensos brazos eran cadenas candentes que hacían que el calor naciera allí donde se tocaban y se extendiera por su piel.

— Hazlo ahora, hazlo conmigo. Yo lo haré todo posible — soltó Maximillian en su nuca, moviendo algunos mechones y haciéndole cosquillas.

— Sigue sin ser posible.

Max quería tratarla con dulzura, darle su espacio, consiguiendo que ganase la confianza suficiente para mostrarse audaz bajo sus atenciones. Quería descubrir al animal que escondía su gatita, ese que le arrancaría la piel con saña cuando el deseo la desgarrase como estaba haciendo con él.

Mas resistirse a sus encantos, a esa súplica silenciosa de consuelo... él no se veía capaz.

La ternura, algo tan desconocido para Maximillian, surgió y lo ahogó.

— ¿Puedo besarte? — preguntó mordiendo el arco de su cuello — Necesito poseer, aunque sea tu boca.

Ella se volvió, alzó los ojos, sus pestañas se mecieron. Los gruesos labios de Noemille se despegaron, secos, necesitados de él. Se le olvidó respirar, ¿era necesario?

Creyó que lo duro sería cumplir todos los deseos que a ese señoritingo pudieran ocurrírsele, no obstante, una caricia fue suficiente para que, lo que temiera, fuera el instante en el que comprendiera que ya no la necesitaba.

La idea de irse estaba fija en la mente de Noemille cuando su mano derecha buscó la mejilla de Maximillian, rasgó los restos de su barba.

— Me abandono en tus brazos – confesó, ¿era esa la respuesta que él precisaba? ¿Era eso lo que quería que supiera, pudiendo esgrimirlo en su contra? Pero era eso lo que le sucedía, por mucho que pelease contra lo que nacía en ella en presencia de Max. Era una refriega que sentía perdida de antemano, aferrándose con uñas y dientes a la cordura que la había mantenido con vida hasta entonces.

Fue suficiente para el marqués. Era solo un beso…

Pero no hay ningún "solo" en lo que sucedía cuando ella cerraba los ojos y se "abandonaba". La sintió ceder, la aferró con más fuerza para impedir que las piernas femeninas se doblasen, sonrió sobre su boca, cual lobo antes de perderse en la esencia de su gatita.

Luchó por mantener el control, por mostrarse sutil y retirarse antes de arrasar con todo. No podía asustarla con el anhelo por ella, con su necesidad por rasgarle la ropa ante la prisa, por hundirse en su interior mientras ella se aferraba a sus cabellos para mantenerse erguida. Quería provocarle escalofríos a medida que se hundía en su interior, retirarse de su cuerpo y que la pérdida más absoluta la desolase.

Golpeó la lengua de Noemille con la propia, una, dos, tres… Ella dudaba, se unía un segundo para retirarse después. Recibía con placer lo que él le hacía, sin creerse estar a la altura. Cual abanico o paraguas, un objeto que él usaba con cuidado y no sufría, que deseaba estar entre sus dedos, pero no podía implicarse, no podía amar el lugar que él había tenido a bien concederle.

Quiso conservar ese pedazo de sí misma intacto, fue imposible. Él lo exigía todo, tomaba parte de su espíritu y ella no pudo negárselo. En el gemido traicionero que huyó de sus labios se llevó ilusiones que no creía tener, que nacieron y murieron entre sus manos.

Max tiró suavemente de su cabeza, ella lo abrazó sintiéndose a salvo.

¿Hacía cuánto tiempo no se preocupaba por el después? ¿Cuándo fue la última vez que bajó la guardia y su mente se quedó en calma?

Max se retiró pues si no lo hacía lo tomaría todo. Aspiró con fuerza y apoyó su frente en la de ella, buscó algo de tranquilidad hasta que se percató que Noemille se oponía a abrir los ojos. Ella permanecía esperando que él regresase, negándose que lo quisiera.

— ¿Te encuentras bien? Noemille ... – ronroneó el marqués, besando la comisura de su boca.

Lo empujó y se alejó. Lo empujó frustrada, enfadada, confusa.

>> ¿Nerviosa? – se lisonjeó él.

— Deberías regresar. Deberías demostrar que respetas, aunque sea un poco, a la dama que llevabas colgada cual bolsa de monedas – escupió queriendo odiarlo.

— ¿No te ha gustado? – Quiso tentarla Max, disfrutando del sonrojo que tintó las mejillas de ella.

— Nada.

— ¿Mentirosa? – continuó él, acercándose a la mesita y tomado una de las copas que allí había preparadas. Paladeó el alcohol sin apartar las pupilas de la joven que, sin duda, desentonaba en un salón como aquel. Era, sin embargo, lo más hermoso del lugar.

Un cristal se rompió estrepitosamente en el piso superior, Noemille cambió. Cogiendo sus faldas con ambas manos se olvidó de la compostura que trataba de mantener ante él, ante los suyos. Corrió con agilidad, subiendo de dos en dos los escalones ante un marqués sorprendido que la siguió despacio, sin acordarse de dejar la copa.

Cuando Max terminó de subir las escaleras y se apoyó en el marco de la puerta se sorprendió ante lo que presenció.

A pesar del corte que Marcus portaba en la mano izquierda el niño no lloraba, sus ojos grises, tan parecidos a los de Noemille, brillaban ante el dolor que soportaba, mientras pedía perdón.

— No pasa nada, patoso mío. Tendré que cortarte la mano, pero te pondré una de palo muy chula – comentó ella, mientras revisaba la boca roja que dividía la piel del niño y no dejaba de sonreír –. Tranquilo… – continuó, a pesar de que Marcus no se movía, no gesticulaba, ni siquiera parecía respirar.

— ¿Se encuentra bien? – Se acordó Max de preguntar.

— ¡Aléjese! No se acerque a él – gruñó Noemille, plantándose ante su hermano preparada para pelear, morder y arañar si era preciso. Lo miró con tal frialdad que creyó encontrarse ante alguien diferente, una persona que estaba dispuesta a todo.

La joven buscó una salida, sabiendo que el marqués querría castigarlo por romper un objeto tan caro y ella no dejaría que le pusiera un dedo encima. No, a Marcus nadie lo tocaría mientras ella respirase.

— ¿Qué sucede? — Max trató de acercarse, al ver que ella aferraba un candelabro y lo esgrimía ante sus ojos retrocedió, sonriendo, pero cauto.

— Él no quería... — se excusó Noemille, sintiendo las manos de su hermano en sus faldas, notando como su niño se escondía entre su sombra, buscando el consuelo de la única que siempre había acudido a su llamada. El niño abrazó la tela que envolvía las piernas de Noemille con fuerza, aspirando el aroma familiar. Marcus confiaba ciegamente en que la joven podría encontrar una solución.

El dolor no importaba, no a quienes sabían lo que era el hambre, que el estómago los devorase desde dentro. Poco importaba que a ojos de los demás Marcus solo tuviera tres años e, incluso para esa edad, fuese diminuto. Pues Marcus sabía que a veces el frío podía tornarse calor y eso era peligroso, pues Marcus conocía la maldad que una sonrisa podía esconder.

— ¿Se encuentra bien? — Por muy suave que fuera el tono que el marqués empleó ella no confió en él. No lo haría, ¡nunca!

Noemille calculó las opciones que tendría para atravesar la puerta con su hermano con ella, nulas. Entonces lo supo, el tiempo era algo que no tenían.

— ¡Corre! — aulló desesperada, lanzándose en brazos de Max y arañando allí donde podía.

¡Pelear con una mujer! ¡Hubiérase visto!

Aunque Maximillian no se imaginaba a ninguna de las damas que frecuentaba mordiéndole la mano ni dándole una patada en la barriga que, sin duda alguna, estaba dirigida a zonas más sensibles.

La esquivó como pudo, temiendo en varias ocasiones por su integridad. Ella era ágil, sabía cómo debía moverse para esquivar su agarre y él no quería causarle daño, aunque al final tuvo que inmovilizarla.

Marcus había huido, sin embargo, el grito de su hermana lo hizo regresar. Pocas veces el pequeño hablaba, si lo hacía era solo para ella, solo con Noemille sentía la suficiente confianza para soltar las palabras que le hacían sentir ridículo ante la incapacidad que encontraba para hacerlas sonar correctamente.

— No le hagas daño — exigió, diminuto en comparación con el marqués —. Lo retó con sus ojitos grises, recogiendo uno de los cristales en su mano buena, sin pensar en que, de esa forma, también se heriría esa palma. No, no lo pensó al saber que Noemille pagaría por él, de nuevo… – No le pegará… – Se encogió más, si era posible. Se encogió y lloró, no por el dolor que sintió al apretar las manos, sino por ella. Por la impotencia de observarla luchar con uñas y dientes sin que lograse escapar. Ella prestaba su cuerpo para que la castigasen, reponiéndose y manteniéndose en pie aun cuando Marcus había notado las muecas de dolor que quedaban después –. ¡No volverán a azotarla de nuevo!

A Maximillian le costó entenderlo, una vez lo hizo…

— ¿De nuevo? – preguntó él.

Un mendrugo de pan. Había sido descuidada y cuando ya se creía a salvo descubrió que la habían seguido.

— No me delate, se lo suplico – había pedido ocultando a Marcus con su cuerpo.

— Muchacho, te haré pagar en sangre su precio – aseguró quien la golpeó sin piedad, cegado por una furia y un placer enfermizo que se mezclaban, sobre todo cuando miraba a

Marcus llorar en una esquina.

Al final no habían probado tan caro mendrugo.

— Marcus, corre, huye. Yo te encontraré. – Noemille no lo escuchaba, no a él. Miraba a su niño, al que sentía como un hijo. Lo oteó memorizando la determinación que su hermano demostraba, el orgullo que sintió ante su pequeño –. Vete... Siempre sabrás dónde has de esperar por mí.

— No. ¡No! – Negaba con la cabeza, sin poder detenerse –. ¡No! ¡Suéltela!

Y corrió con el cristal por delante, Max no quiso hacerle daño, su instinto fue el culpable del golpe que le dio y lo hizo caer.

— ¡Marcus! – Era el sonido del corazón femenino rasgándose, llorando de preocupación por otro que no era él. El marqués la dejó irse, acudir a examinar el diminuto cuerpo que pertenecía a un rostro que se alzó con una sonrisa por verla libre –. Marcus, ¿eres estúpido? ¡Te dije que corrieras! Rata escurridiza, a la próxima te doy una tunda por no obedecerme – aseguró, el niño sonrió ante tamaña mentira.

— Etoy... Estoy bien – se corrigió, tal y como ella le había enseñado.

Un movimiento a su espalda hizo que Noemille se volviera.

— No le haga nada. Le daré lo que desea sin protestar, no habrá más objeciones por mi parte. Se lo pagaré, no importa lo que pida – soltó con rapidez. Su lengua se movía a gran velocidad ofreciendo cuanto pasaba por su cabeza, cuanto tenía y era por salvarlo –. No valemos lo suficiente – comprendió, pues no era la primera vez que les decían algo parecido. Eran basura, solo eso y nada más que eso. Para el resto del mundo, Noemille se había prometido que Marcus conseguiría más, aunque tuviera que ser lejos de ella, al otro lado del mar –. Lo haré, lo prometo. – Sus ojos se vaciaron, se alejó de las manos que acudieron a los cierres de su vestido.

— ¿Qué hace?

— Marcus, ve a buscar algo de comer. Ve, no has de preocuparte – sugirió Noemille sin atreverse a volverse, por miedo a romperse. Marcus no quería soltarla, pero ella le instó a alejarse –. Di que te curen las heridas. Eres todo un guerrero.

Cerrar la puerta en sus narices fue duro, también volverse.

— Noemille mírame – pidió Max.

Por primera vez ella lo hizo sin protestar, con tanta sumisión que la odió por hacerle caso. Fue tan suave, tan carente de la esencia que ella desprendía que se acercó furioso, para tomarla por los brazos.

>>Me preocupa que guardes silencio, me preocupa desconocer lo que tu mente trata de ocultarme – recitó con dulzura, ella pestañeó perdida.

— Sé que la copa era valiosa, que… – Tragó saliva –. que podría hacer que a mi hermano lo castigasen severamente. – Se desanudó el primero de los lazos, mas sus dedos le fallaban.

— Cierto… – El marqués no apartó los ojos, pendiente de la carne expuesta, de lo que podría obtener si sencillamente la dejaba continuar. Podría tomarla, sin embargo, el temblor de sus manos, el auténtico terror… – ¿Crees que lo haría?

Ella no contestó, no pudo hacerlo con sinceridad. Tomó aire, él la atravesaba con sus ojos azules. Su mentón, firmemente apretado, se tensó todavía más.

>> ¿Lo crees?

— Yo jamás lo acusaría...

— ¿Lo crees? – insistió, impidiéndole huir al tomarla entre sus brazos y caminar despacio hacia la pared. La encerró entre ambos, obligándola a alzar el rostro, para poder escudriñar lo que sus grises iris ocultaban – ¿Tan mal me he portado contigo?

— Usted ha sido generoso. Yo no debí oponer resistencia, acepté a hacerlo desde el inicio. – Los dedos de él descendieron por su cuello, llegando al hombro derecho y jugando ahí unos segundos. Parecieron eternos, minutos en los que ella esperaba que continuara, que se hiciera con el mando de la situación sin que le hiciera esa concesión.

— Si tiemblas entre mis dedos no será porque temas por otro, incluso si temes habrá de ser porque sabes que morirás de placer en mis brazos.

— Mientes.

— ¿Cómo puedes saberlo?

— Porque todos los tuyos lo hacen. – Y se abrazó a sí misma, dejando que las yemas de sus dedos rozasen su pasado –. Nunca confiaría en los ricachones.

— ¿Nunca?

Debía callar, Noemille lo sabía, no lo logró. El pasado dolía demasiado, sus nervios a flor de piel, el miedo de antaño.

— ¡Jamás!

— Pero me ofreces tu piel.

— Solo eso – gimió ella, al sentir que él la acariciaba con tanta delicadeza que creyó habérselo imaginado. Quiso concentrarse en Marcus, en el motivo que la llevaba a alejar los nervios, a confiar en que sería delicado con ella.

— Yo no podría conformarme, me lo regalarás todo. – Era una promesa, muy oscura que la dejó confusa cuando se retiró.

Al ver que se dirigía a la puerta ella lo abrazó desesperada.

— ¿Qué harás? – preguntó aferrándose a sus ropajes, a su cuerpo, que notaba tensarse bajo sus dedos –. Es solo un niño, es mi responsabilidad. Su padre, uno de los tuyos, lo abandonó.

— No pienso tocarlo, no soy un monstruo. – La tranquilizó ofreciéndole su mano, besándola cuando ella se alzó –. Cuida de él, he de recapacitar.

— Gracias.

— Descubriré qué es eso que te ha convertido en un animalillo herido. ¿Tanto has sufrido?

— ¿Tan difícil de imaginar es? – preguntó ella de vuelta, incapaz de callar, de mantener una pose de dama que nunca le perteneció. Ella era un animal callejero, alguien capaz de entrar en los peores lugares y mimetizarse con el ambiente. No una joven incapaz de vestirse sola, una joven cuya máxima preocupación es saber coser o no convertirse en una solterona. ¡Ojalá esa fuera la mayor de sus preocupaciones! – Lo que son como tú no podrían soportarlo – escupió, sintiéndose venenosa pues, aunque una parte de la joven deseaba al marqués, la otra lo odiaba, puede que, con la misma intensidad, por todo lo que representaba.

No lo veía como alguien débil, aunque su tono pausado, la delicadeza con la que tomaba el sombrero o sus gestos, siempre bajo control, le impedía imaginárselo en una refriega cuerpo a cuerpo, en medio de la noche, sabiendo que podía morir y nadie lo recordaría.

Ella no pertenecía a ningún lado, pues en ningún sitio reconocía su hogar. Podía fingir durante unos días, incluso ofrecerle su cuerpo y obtener algo de consuelo mientras su hermano se recuperaba, no obstante, no era más que tratar de creerse una fantasía que, antes o después, terminaría.

— Gracias – soltó de nuevo Noemille, alzando los ojos –. Mi hermano no volverá a molestarte. Yo lo impediré.

Ella iba a ir a buscarlo y él la detuvo. Al rozar su espalda se tensó, gritó asustada, incapaz de soportar que se le acercasen por detrás sin que lo percibiera. Se giró dispuesta a todo por instinto, un segundo fue suficiente para que todas sus defensas se activasen. Un segundo fue lo que tardó en percatarse de que seguía siendo el marqués y relajarse, dentro de lo que sentía posible.

— Sois libres de quemar la casa y seguiría sin haceros daño.

— Lo comprendo, siempre que no me meta con su prometida – recordó Noemille, aceptándolo. La prometida del marqués era importante, ella solo una sombra que no merecía ni el aire que la otra respiraba.

— Debes comprender...

— Llevo comprendiéndolo mucho tiempo – lo cortó la joven, sin necesidad de excusas que no eran más que palabras vacías. Poco importaba si era justo o no, la realidad era lo que debía afrontar y no cambiaría por mucho que lo deseara –. No volveré a importunarla, es más, evitaré los caminos que pueda transitar.

No pudo dejarla ir sin volver a tomar su boca. Sin preguntarse qué tenía esa gatita callejera que lo enloquecía que, incluso sabiéndola débil y necesitada de consuelo, dejaba en sus manos la urgente necesidad de sentir su cálida piel.

Quería tumbarla, descubrir cada milímetro de su cuerpo, recorrerlo con la lengua y memorizarlo. Una noche no sería suficiente para tomarla, no cuando se perdiera entre sus pechos, no cuando la sintiera envolviéndolo, acogiéndolo como, estaba seguro, ninguna otra había logrado.

¿Cómo podía estar tan seguro? Sin argumentos sencillamente lo sabía.

CAPÍTULO 10

Su hogar era inmenso, lady Coral lo recorrió tantas veces que quiso golpear las paredes con sus delicados puños con furia ante la ansiedad que la ahogaba.

Miró el espejo del pasillo, que le devolvía su rictus nervioso y su extrema palidez, que tan de moda estaba y a ella se le antojaba enfermiza. Todo en ella lo aparentaba. Sonrió con cansancio, sintiendo que la cabeza le estallaría en cualquier momento, las venas rojas que se extendieron alrededor de sus iris así lo indicaban.

— Milady, debe tratar de calmarse – aconsejó su dama de compañía Lisbeth, con tono pausado mientras le ofrecía una tacita de té. Su sonrisa no hizo más que hacer bufar a lady Coral.

— ¿Calmarme? Tú estabas allí, tuviste que ver cómo la trató – replicó lady Coral por undécima vez, como si repetirlo hasta la saciedad fuera a cambiar el pasado, o a mitigar los miedos que se asentaron en la boca de su estómago. Era un presentimiento que le habría gustado desechar, pero era incapaz –. Llevó mucho sospechando de su actitud.

— Milady, su padre nunca permitiría que el marqués la dejase plantada. Exigiría una compensación por...

— ¡¿Y qué habría de solucionar eso?! La vergüenza sería imborrable. La pena me perseguiría, no importará mi apellido ni lo mucho que me he esforzado por mantener mi nombre lejos de cualquier rumor tendencioso. No, todos olvidarán mis actos y mi sosiego si él me abandona. Se preguntarán cuál era la tara que no habían logrado intuir hasta entonces — predijo la joven en voz alta, que ya podía sentir las miradas sobre sus hombros, los susurros a su espalda deslizarse como culebras que la condenarían a la soledad de ser ignorada por una sociedad que tanto se había esforzado por contentar —. Debo hacer algo.

Lo que callaba era su mayor temor y vergüenza. Si padre había planeado el enlace, ¿qué le haría si lo ahuyentaba?

— Milady, debe tranquiliarse. Su padre y su hermano no aprobarían que se expusiera — la regaño Lisbeth sin hacerlo. Sus ojos negros la esquivaron, esperando una orden que, aunque supiera que le traería problemas, no podría ignorar.

— Debo luchar por el que se convertirá en mi esposo.

— No se involucre, milady.

No obstante, la niña que había criado como propia, incluso manteniendo siempre la distancia que debía separarlas, no la escuchaba. Dejó de hacerlo con doce años, cuando comprendió que su palabra tenía más valor que la de una más de sus sirvientas.

La observó dirigirse hacia Dana, pedir su capa y guantes. La oteó de cerca sabiendo que nunca podría dejarla sola, incluso aunque supiera que el cálido sentimiento que le profesaba no era recíproco porque no era lo suficientemente valiosa para su niña.

— ¿Y bien? — Lady Coral giró sobre sí misma, para que la evaluase antes de poner un pie fuera de su hogar. Perfecta en todo momento.

— Hermosa, como siempre – le concedió Lisbeth.

— Eso espero, hoy habré de jugar todas mis cartas – resumió con habilidad su señora, al tiempo que recogía una misiva y la plegaba entre sus dedos. ¿Cuándo la había escrito? ¿Qué era lo que se proponía?

Pronto habría de descubrirlo, cuando ordenó al cochero que las llevasen a Covent Garden. Lisbeth no tuvo tiempo para reprenderla, para hacerla regresar a la cordura. No, no tuvo tiempo pues milady prácticamente saltó del carruaje.

— ¿Qué hace? Podrían asaltarla, golpearla e incluso... – La idea hizo que el estómago de Lisbeth protestase. No podía ni imaginarlo.

— No permaneceremos mucho tiempo. Li, no deje que el miedo tome el control. – Apretó las cansadas manos de su dama de compañía y los ojos de la anciana se humedecieron, necesitada como estaba de los gestos de cariño de lo más parecido que tenía a una niña. En el pasado había tenido una propia, mas las crueles fiebres se la habían llevado, logrando que se prometiera que de sus entrañas no saldrían más. Dudaba ser capaz, de nuevo, de reponerse a tamaña pérdida.

Arrugó la nariz ante el olor ácido que por ella entraba, el olor a humanidad descomponiéndose despacio, formando un barro de aspecto asqueroso que se pegaba a sus botas de cuero. Caminó queriendo esquivar la basura, alejando los ojos de las mujeres que se contoneaban a la luz del día con vestidos rojos o burdeos que realzaban sus pálidas pieles. Ellas sonreían dispuestas a regalar un poco de amor a hombres que estaba felices por dejarse querer. Las había de todos los tamaños y edades, aunque la mayoría le resultaban repulsivas.

Escogió a la más 'aceptable', no por ello su presencia fue ni remotamente soportable.

— Señorita – La llamó Noemille, ocultando su cara de asco tras el blanco abanico que desplegó con maestría y evitó mecer, incapaz de mover la masa de aire que la rodeaba –. Señorita. – Dio varios saltitos, pero fue incapaz de estirar los dedos y rozarla.

Una morena, bastante fornida, se giró con brusquedad. Se rio con fuerza y recolocó los pechos para hacerlos parecer más turgentes o, en su caso, que amenazasen con fusionarse con su quijada.

>> Señorita, me gustaría contratar sus servicios – susurró lady Coral, bajando sus espesas pestañas en señal de vergüenza.

La morena se acercó, evidentemente interesada, aunque las ganas de chancearse de la ricachona le aguijoneaban la punta de la lengua.

— ¿Mis servicios? Creo que podría hacerle un buen trabajito. Es valiente la muchacha – reconoció con fuerza, su voz tenía una potencia sorprendente, sobre todo para quien, a todas luces, quería mantenerse oculta –. ¿Quiere que le quite los calzones aquí o prefiere que la lleve a un lugar más íntimo?

— ¡Cómo se atreve! – Lady Coral casi se atragantó, se le olvidó tragar la saliva y sus ojos casi rodaron lejos –. Si me pone un dedo encima ordenaré que la azoten.

— Milady. – Hizo una inclinación demasiado sobreactuada, una broma que lady Coral prometió que se la cobraría –. ¿Cómo podría lamerle sus... – Al ver que lady Coral cambiaba de color, amenazando con caerse allí mismo, buscó una palabra que no fuera coño. Paradójicamente no la halló.

— Lady Coral, deberíamos regresar. Váyase al menos usted, váyase y yo haré cuanto me pida. Se lo prometo. – Lisbeth suplicaba con los ojos, incluso se atrevió a posar su arrugada y vieja mano sobre el brazo de la joven Coral.

Lady Coral ahogó el impulso de golpearla, ante todo ella demostraría que era una dama. Incluso entre chusma ella seguía siendo la hija de un conde y no permitiría que nadie la hiciera de menos.

"No seré como él."

Cazó el brazo de su dama de compañía, clavando las uñas en su piel sin que la anciana moviese su gesto. Lisbeth lo aceptó mirando a su niña con amor, comprendiendo que le había fallado más de lo que la joven dama pensaba.

"Debí haberla protegido y ahora ya está demasiado rota", se dijo Lisbeth con pena. Su niña era duce, tierna, atenta, cariñosa, al menos lo había sido.

— Recuerde su lugar – siseó lady Coral.

— Por supuesto, ha de perdonarme – sonrió humilde Lisbeth.

— No le perdono nada, no me obligue a prescindir de su compañía. – Algo en los ojos de la anciana relajó su gesto, se perdió en el pasado al tiempo que lo hacía en sus pupilas y, con una sencilla mirada, consiguió que la joven dama volviera a ser la niña temerosa que tanto había precisado una caricia, un abrazo, y no lo obtuvo. ¿Cuántas noches se había dormido pensando que nadie la amaba, no con la intensidad que ella precisaba?

Lady Coral se odió y odió a Lisbeth. Odió quién fue y no haber sido capaz de paliar dicha necesidad en tantos años pues, incluso ahora, seguía luchando por un hombre que no había hecho más que demostrar que no le importaba. ¿Por qué se aferraba a Maximillian entonces? ¿Supervivencia? ¿Quería vivir?

Lady Coral no permitiría que la rechazasen, que destruyesen el palacio de cristal que tanto le había costado construir. Un lugar que, aunque frío en ocasiones, había creado un espacio en el que sabía qué podía esperar y qué hacer para hallar cierto descanso. Allí nadie la golpearía, no lejos de padre.

>> Regresaremos en unos minutos. No ha de preocuparse – añadió lady Coral, relajando los dedos y dejando una ligera caricia allí donde había causado daño, una caricia avergonzada que negaría, incluso ante sí misma. Era un gesto impropio con la servidumbre, por ello no debía suceder.

Lisbeth sonrió, apretó los labios y se estiró a su vera. Sabiendo que no permitiría que nada le sucediera.

— Miladis... – hizo sonar la 's' cual serpiente. La morena, Cassandra para los clientes, enseñó una dentadura que había vivido tiempos mejores. ¿Cómo un hombre querría tener cerca a un ser tan inmundo? – Necesito sus monedas, prometo que soy de las mejores en esto.

— No lo dudo, pero puede mantener sus piernas cerradas. Lo que necesito son sus ojos y le ofrezco una recompensa más que generosa. La invitaría a acompañarnos, pero prefiero darle los detalles aquí. – La idea de compartir el carruaje con... ella, era desagradable cuando menos –. Compro su tiempo durante... ¿un mes?

— ¡Me hará usted rica! – gritó la morena. Cassandra estiró la mano, lady Coral la miró sin comprender qué buscaba – ¿Y bien? No como del aire...

Lisbeth se adelantó y dejó caer una bolsa de monedas, los ojos azules de Cassandra brillaron avariciosos.

— Tendrá otra igual al terminar el mes. Espero que sea

capaz de ganárselas.

La amante del marqués

CAPÍTULO 11

La sala de música era pequeña, pero acogedora. Ambos hermanos habían descubierto en su interior una enorme butaca en la que se acurrucaban cual cachorros, disfrutando de lo mullida que era, recogiendo las piernas bajo el culo sin preocuparse de las miradas de censura que recibían del servicio.

— Señorita, — la llamó Nicholas, el mayordomo —. el marqués ha mandado aviso. Vendrá a visitarla para cenar con ustedes. Dice que traerá una sorpresa que espera que le guste.

— Lo dudo – murmuró Noemille, con la boca pequeña, aunque llevaba pensando en él desde que se habían separado.

Al principio la joven se sintió ridícula ante una reacción que, con el paso de los minutos, le pareció exagerada. Max no había hecho nada que le hiciera temer, pero temía y lo haría siempre. Era lo que sus vivencias habían logrado, lo que un pasado lleno de traiciones y golpes había conseguido con alguien que no quería creer que tanta maldad existiera en el mundo.

Noemille apretó a Marcus, era su ancla, su todo.

— Ha pedido que se ponga uno de los vestidos que ha recibido – volvió al ataque Nicholas, que se negaba a claudicar ante lo que él consideraba una caprichosa desagradecida.

— Por supuesto, no podría ser de otra forma. Mucho ha soportado mi olor a podredumbre. – Asintió despacio y regresó al cuento que narraba a su hermano, inventándose las palabras mientras una historia de héroes y leyendas los alejaba de la realidad.

— Señorita, quizás… – Nicholas no se había movido, ¿lo hacía alguna vez?

— ¡¿Qué quiere ahora?! – gritó ella, conteniéndose al comprender lo injusto de su actitud – Lo lamento, ¿qué quiere?

— Necesitamos que confirme a la nueva sirvienta. Sería la encargada de cuidar de su hermano, de atenderlo cuando no esté con el maestro – le explicó el mayordomo.

— ¿Maestro? – preguntó la joven desconfiada – Nadie me había avisado.

— Milord ha decidido que…

— ¿Lo ha decidido? Ya lo veremos – bufó Noemille, dejando a Marcus con suavidad para alzarse –. ¿Por qué debo confirmar su elección?

— Porque es la señora de casa.

Fue la frase perfecta para que tomase las riendas, para que dejase atrás sus miedos. Eligió las flores, aceptó a la mujer inmensa que trataba de mantener los pechos dentro del uniforme, se sintió a gusto allí por primera vez.

Las horas trascurrieron rápido mientras imaginaba mil veces la llegada de Maximillian. Por eso, cuando el mayordomo se acercó a abrirle, ella corrió como loca y se le adelantó.

— Gatita – dijo Max, nada más posar los ojos en ella –,

debes permitir que cada uno cumpla su papel – le aconsejó él, dejando los guantes y el sombrero en las manos del mayordomo. La observó cual depredador, al descubrir que el vestido dorado que la envolvía era demasiado provocador, demasiado tentador, la recorrió apreciativo.

La cintura de Noemille, ahora encerrada en un precioso corsé, era tan fina que no pudo evitarlo. La buscó con las manos y la acercó a su pecho, habría sido tan sencillo acostumbrarse que creyó llevar una vida rozando sus carnosos labios, pues se perdió en el dulce sabor de ella.

Quiso poseerla, no su cuerpo, sino mucho más. Se tensó con el gemido que Noemille dejó huir, concentrándose en no desnudarla, en estirar los minutos. Acunó su mejilla, recibiendo el calor de su sonrojo como el mejor de los cumplidos.

— ¿Tan bien me he portado para un recibimiento tan acogedor?

— He pensado en ti – reconoció ella, bajando el rostro.

— ¿Y qué has pensado?

— No debo... No debo... – El marqués la giró, para que mirase el espejo que había en la entrada. Reflejados sobre su superficie sus ojos chocaron, antes de que soplase en su oreja, antes de que acariciase los pechos femeninos sobre el vestido, sin detenerse mucho, lo justo para que ella perdiera el equilibrio.

— ¿Qué es lo que no debes?

— Decirlo no sería correcto – jadeó Noemille, tragando con fuerza –. Me dijo, me dijiste que debía parecer una dama.

— Lo eres, gatita, a tu manera lo eres.

— No, nunca podría serlo. – El gris de sus ojos se oscureció, tornándose la antesala de una tormenta –. Ambos lo sabemos. No me mienta, mientas. Te lo suplico, no busques engañarme. Ambos sabemos lo que quieres.

— ¿Y qué quiero?

— Mis besos – enumeró la joven, temblando al notar los labios de él en el arco de su cuello, después la lengua… cerró los ojos –, mi cuerpo. – Era una lista corta.

— ¿Qué quiero hacer con tu cuerpo? – la instó a continuar, olvidándose de dónde se encontraban, olvidándose de todo lo que no fuera que la tenía entre sus manos.

— Desnudarme – Noemille no quería, no podía pensar en ello. ¿Desnudarla? ¿Para qué? Nunca había sido bonita, las meretrices se lo habían dicho, demasiado escuálida y a los hombres les gustaba que tuvieran carne donde agarrarse. Casi ni pechos tenía, tan pequeños y pálidos, si verla desnuda era un requisito pronto se marcharía.

— ¿Solo?

— No lo sé – replicó con rapidez ella.

— ¿No quieres saberlo?

— ¿No venía a cenar? – lo interrogó Noemille, casi sin fuerzas. Quiso apartarse, su mente lo quiso, su temor a no ser suficiente llegado el momento, su cuerpo gritaba porque cediera, porque le concediera unos minutos más en los que pudiera perderse en el placer que nacía en su abdomen.

— Cierto, cuando te veo tengo mucha hambre. Me vuelves loco, gatita.

Ella se giró, apoyó las manos en el pecho del marqués, mirando su chaleco con indiferencia.

— He pensado en ello, en lo que usted... en lo que ambos haremos. Juntos – comenzó, sin saber cómo expresar lo que la torturaba, lo que la angustiaba –. Creo que quizás, por el lugar en el que me hallaste, puedas pensar que tengo una experiencia que no poseo. Nunca he fornicado con nadie – terminó cual coche desbocado.

Asaltó su boca, introdujo la lengua y la apretó contra su cuerpo. En tensión la notó derretirse, desprendiendo la dulzura que solo ella poseía. Una ternura impropia en un hombre como el marqués, hizo que la alzase y llevase hasta el salón.

La dejó sobre el sofá y se arrodilló delante, queriendo continuar una conversación que amenazaba con hacerle perder la cordura u otra parte de su anatomía, que se alzaba tan pronto se acercaba a ella.

— Te haré el amor. No te montaré como a una ramera, te haré el amor.

— ¿Cómo hacerlo cuando no me conoces? – se detuvo – ¿Cómo se hace el amor? ¿Qué diferencia existe entre ambos? – lo inquirió con tal dulzura e inocencia que creyó que se chanceaba de él. ¿De verdad era posible que, viviendo en las calles, le estuviera preguntando eso?

— Cerrando los ojos para besarte y pensar solo en ti. Acariciarte por mera adoración, porque la necesidad de poseerte no mengua mi deseo por memorizarte y no olvidarte nunca. Cuando al entrar en tu cuerpo lo haga despacio contra toda lógica, tan despacio que pueda contar los latidos de tu corazón – le describió y ella quiso encogerse de vergüenza –. ¿Me acompañarás en la aventura?

— Yo no podría. Es demasiado sofocante. Cuando dices esas cosas enfermo.

— ¿Enfermas? – Se ofendió él, ella no percibió su cambio

de tono. No, ella se planteó la pregunta con seriedad.

— Sí, creo que tus palabras son nocivas para mi cuerpo. Se me acelera el corazón, me tiemblan las piernas y duelen las tripas. Deberías dejar de hablar de... de eso. Me sienta mal. — Quiso retirarse, él no se lo permitió —. ¿Por qué te ríes?

— Gatita mía, eres adorable. — Besó la punta de su nariz juguetón. Ella despertaba necesidades en él que no existían antes de que la encontrase, ¿cómo sería no tenerla en su vida? La idea fue desagradable, la mera idea le hizo comprender que nunca la dejaría marchar.

Le daría cuanto pidiera por tenerla siempre a su lado. Tal certeza hizo que la soltase como si estuviera compuesta por lava.

— ¿Sucede algo?

— Gatita, es mejor que comamos. — Le guiñó un ojo y tomó el periódico. Se sentó en la cabecera mientras esperaba que el resto fueran ocupando sus lugares, incapaz de leer lo que tenía entre las manos.

— He cocinado yo — soltó ella orgullosa.

— ¡¿Cómo?! ¿Acaso no tienes suficiente servicio? ¿Por qué has tenido que mancharte las manos en una tarea impropia? — Ella fue menguando, su sonrisa seguía ahí, pero el rostro de Noemille se oscureció.

— Porque ese siempre ha sido mi sitio. Porque quería ser yo la que cocinase para ti — escupió ella, demasiado tranquila.

— Noemille, no pretendía...

— Claro que lo hacías. Insistes en olvidar quién soy, pero no puedes, no lo lograrás nunca pues no lograrás que me avergüence de lo que soy — continuó Noemille con la dignidad de una princesa herida.

Él quiso tocarla, tiró la silla en el proceso y, aunque ella no lo rechazó, su tensión dejaba entre ambos una distancia dolorosa.

— Lo lamento, sin embargo, ya no precisas hacerlo. No tendrás que volver a mancharte, que volver a ser ella.

— ¿Y quién es ella? – Quiso saberlo, necesitaba que le dijera a quién veía si no era a la joven rota que apenas conseguía dormir por las noches, la joven que aprendió a ser madre antes de ser mujer. ¿Quién era Noemille para el marqués? ¿Por qué era tan malo ser nadie en un mundo como el suyo?

Marcus entró corriendo, se detuvo para empujar al marqués con todas sus fuerzas.

— ¡No le haga daño! – gritó el pequeño, haciendo sonreír a Noemille.

— No se lo hago, jamás lo haría – respondió el marqués.

— Miente – añadió tozudamente Marcus –, lo hace. – Colocó su diminuto cuerpo entre ambos, abriendo los brazos, queriendo crear la barrera perfecta. Noemille se sintió poderosa, incluso rio al ver que su bribonzuelo le daba una patada en la canilla al gran marqués –. Noe dice que el corazón puede sangrar y es difícil apreciar ese dolor – lo recitó él, como tantas veces había hecho ella. Recordaba su cara apagada, las lágrimas silenciosas que deslizaba con suavidad por sus mejillas cuando se acurrucaban para dormir. Incluso sin comprender la mayoría de sus palabras, aquello sí lo entendía.

Con tres años, Marcus había presenciado la misma situación en demasiadas ocasiones. Largas conversaciones en las que se mantenía en silencio, la observaba absorto, incluso cuando el tema a debatir era tan triste.

— ¿Y su corazón llora? – preguntó el marqués de Carisbrooke mirándolo solo a él – ¿Cómo puedes saberlo?

Marcus se giró y estiró los brazos, ella lo entendió recogiéndolo y alzándolo. Sonrió al sentir su diminuta nariz contra la suya, un gesto de cariño que ella conocía y repitió, tranquilizándose.

— No me guta – dijo Marcus.

— Gusta – lo corrigió ella.

— No me gusta – Marcus aferró un mechón a cada lado del rostro de su hermana y tiró de sus castaños cabellos, pegándose lo máximo posible, creyendo, envuelto en la ingenuidad que conservaba, que así el marqués ni los vería ni podría escucharlos –. Podemos irnos. Ya no toso. – Y para demostrarlo trató de forzar un nuevo ataque.

— ¿Quieres irte? – inquirió Noemille, notando la incomodidad de Max, que no acostumbraba a ser ignorado.

¡¿Quiénes se creían que eran para tratarle con tamaño desplante?! Entonces, ¿por qué no podía interrumpirlos? ¿Por qué encontraba una dulzura que lo sobrecogía en un intercambio tan sencillo?

— ¿Debo disculparme? – Su propia voz lo sorprendió como el que más. Cuando Marcus y Noemille se giraron, cuando lo otearon, carraspeó nervioso –. Sería lo correcto si cometí una falta con tu hermana. Si lo hiciera, ¿os quedaríais conmigo? – Le hablaba al pequeño, aunque fue ella la que sintió ese 'conmigo' en el alma.

Todo su mundo se movió, porque el 'conmigo' implicaba una cercanía que no terminaba en un intercambio de carne. Una palabra que, aunque lanzada sin intención, no consiguió borrar de su corazón. Noemille tuvo que apretar a su hermano por no tocar al marqués, por no invitarlo a compartir un abrazo que significaba amor, cariño, hogar.

— ¡Sí! Sí. – Marcus se meció nerviosamente para que lo soltase, ella lo dejó caer para verlo correr con vitalidad. Para él no existían los límites. Él, a diferencia de su hermana, no veía nada extraño en tomar la mano de un marqués y tirar con confianza, ¿qué podría tener de malo tratarlo como a un amigo? – Ven, Noe… – lloriqueó al ver que ella no se acercaba.

Sus finos dedos temblaron, cuando miró a Max se sintió acorralada, acalorada. Fue algo solemne, por algún motivo el que él la esperase, desease que acudiera a la llamada. ¿Qué esperaba? Puede que nada o todo, porque ella sentía que sus huesos eran incapaces de soportar su peso ante la intensidad de la mirada masculina.

— ¿Lo pernonas?

— Lo perdono – lo corrigió ella sin que Marcus lo notase, con ojos acuosos.

Marcus observó la mesa, encontró los pastelitos que habían dejado al fondo y los olvidó, para él ya no existía peligro. Pues Marcus no comprendía que el verdadero peligro estaba en el contacto de sus dedos, en la cercanía del marqués, en la forma en la que su cuerpo reaccionaba.

— ¿Cenamos? – sugirió el marqués.

Noemille aceptó sentarse cuando él le retiró la silla. Pendiente de cada detalle, tanto, que fue tan sencillo acostumbrarse…

CAPÍTULO 12

Tras la cena Marcus se quedó dormido sobre el sofá. Maximillian trató de convencerlo de que se retirase, de que permitiera que la doncella lo ayudase, pero Marcus no quería alejarse del regazo de su hermana, que había comenzado a acariciarle el cabello.

— Desearía ser yo – comentó el marqués.

— ¿Qué? – Ella pestañeó, lo buscó con los ojos y sonrió azorada –. ¿Perdone?

— Estabas lejos.

— Me imaginaba el futuro – reconoció, compartiendo sus pensamientos –. El mañana.

— ¿Es hermoso?

— No podría usar esa palabra, es real más bien – terminó Noemille –. Debería llevarlo arriba.

— Yo lo haré – se ofreció él.

Lo observó acercarse, recoger el cuerpo de Marcus rozando sus brazos, sintiéndolo tensarse y retirarse. Lo que no esperaba era lo que el marqués añadió.

>> Si hubiera sabido lo que siento estando tan cerca de ti nunca te habría pedido que vinieras.

Fue un latigazo más, que aceptó con un asentimiento lento. Lo vio subir las escaleras, no lo siguió. Se quedó mirando la chimenea, el fuego chisporroteando, la madera consumiéndose.

>> Te ves hermosa – ¿Cuándo se había acercado tanto? Las manos en sus hombros la hicieron saltar y soltar un gritito nervioso, asustado. Sus pupilas se dilataron, sus labios soltaron el aire de sus pulmones.

— Deberías dejar de sorprenderme o moriré antes de que puedas tener mi cuerpo. – Sonrió ella –. Quizás sea el momento de pagar mi deuda – finalizó la joven.

— Joder – blasfemó Max, perdiendo la compostura al sentir que las fiebres lo asolaban –. ¿Cómo puedes soltarlo con tanta naturalidad?

— ¿No es natural? He visto a animales y hombres practicarlo, nunca me pareció tan interesante.

— Entonces lo que has presenciado no se parece a lo que yo tengo pensado hacerte – sentenció él.

— Palabras parecidas salieron de los labios de los borrachos que levantaban las faldas de las furcias.

— Calla, gatita mía. Hay temas que las damas como tú no debes rozar siquiera, que las ensucian.

— ¿Puedo disfrutar de dichos placeres, pero no mentarlos? No lo comprendo. – Ella giró la cabeza, aceptando la caricia que él dejó en su mejilla –. Yo no soy una dama, deja de insultarme.

— ¿Insultarte? Lo que trato es convertirte en una señorita que nunca ha de pasar penurias.

— No, en todos tus intentos no haces más que dejar patente lo poco que soportas cómo soy. Muestras la gran diferencia que hay entre lo que soy y lo que anhelas, lo que necesitas. Toma mi cuerpo, acepta el deseo que sientes como yo acepto que no me eres indiferente – espetó Noemille.

Se alejó a cerrar la puerta, tomando el control en algo que no conocía. Se concentró en el movimiento de sus faldas, en la presión del corsé sobre sus costillas, convenciéndose de que, justamente por eso, le faltaba el aire.

Ella fue después a los lazos, no lo miraba a él. Lo tomó como un trámite, un proceso sin más. Sus ojos perdieron el brillo, la fuerza. Tomó aire despacio, intentando controlar el temblor.

— Gatita, ¿me permites? – sugirió él.

¿Cómo contestar cuando no conseguía pensar en su cercanía? ¿Qué hacer cuando deseaba saltar al abismo, permitirle cuánto deseara, pero al mismo tiempo lo temía con tanta intensidad? El dolor, el dolor la aterraba. Llegaría, lo sabía, era quizás lo único que sabía. ¿Por qué no correr?

"Porque no has pensado en otra cosa desde que te besó. Sus labios encendieron algo y ahora quieres más", aclaró su mente con rotundidad, no dejando hueco a réplica. No, él era altivo y no la apreciaba, probablemente se avergonzase de tocarla, de caer tan bajo. ¿Estaba perdiendo el poco orgullo que le quedaba cuando accedía? ¿Le quedaba de eso?

¡Qué maestría demostró el marqués! Dedos ágiles, veloces, que alejaron varias capas antes de que ella se percatase. Fue el corsé, esa prenda endemoniada que se habría negado a ponerse si la posibilidad de que él se la quitase no estuviera rondando su cabeza, el que ralentizó su avance.

>> No lo necesitas – ronroneó él.

El aire, aunque cálido, de la estancia hizo que el vello de cuerpo se alzase. Puede que sencillamente cada diminuta fibra de su ser lo necesitase, sin sentido o argumentos, solo lo necesitaba. Estar cerca de él convertía las horas en segundos, transformaba el paso de los días en la espera interminable a que él se aproximase, a que le concediera el preciado bien de su mirada, su sonrisa.

Cuando tomó su boca ella supo que en parte le pertenecía, incluso si se separaban. ¿Cómo podría olvidarlo? Quiso tocarlo y lo hizo. Apartó su chaqueta, después desabotonó la camisa. El vello suave de su pecho consiguió acalorarla, se quedó mirando el triángulo que ahora él mostraba hipnotizada.

— Ellos no eran como tú – susurró la joven.

— Tócame. A tu lado me siento vivo, cuando rompes mi mundo en pedazos, negándote a ser parte de él, haces que viva por primera vez en años. – Su voz ronca, esa forma en la que los ojos azules de Maximillian llegaron a sus entrañas y las atravesaron. Fue una súplica necesitada, lanzada con más valentía de la que ella poseía.

Ella lo hizo, al volver a besarlo se dejó emborrachar por la sensación para así convencerse de que podía hacer más. Se apretó contra él, sintiendo su calor, la misma necesidad que a ella la poseía.

— ¿Cómo puedo hacerlo? – Quiso darle tanto como él le regalaba, se estremeció mientras la boca masculina descendía por la sensible piel de su cuello y llegaba a su escote.

Él quería enseñarle tanto y todos sus planes se amontonaban en su mente, borrándose, anulándose mutuamente hasta que lo único que lograba pensar era en que quería entrar en ella, poseer sus gemidos, su pasado y futuro.

— Juntos, creo que yo también he olvidado cómo se hace

– reconoció él, mordisqueando el pezón derecho de la joven, tirando de él, instándolo a tensarse, para luego darle suaves toques con la punta de la lengua.

Rasgó sus calzones, quería hacerlo, necesitaba el sonido salvaje de la tela despedazada. Ella se sobresaltó, tenía a un animal entre sus dedos, un animal que siempre había llevado unas cadenas que ahora pesaban demasiado. No sabía lo encarcelado que había estado hasta que ella llegó, congelando sus planes, haciendo que se cuestionara cada decisión, necesitado solo de una cosa.

>> No puedo hacerlo… – susurró el marqués, sin completar su confesión. Sin contarle que acabaría dañándola, incluso cuando estuviera dispuesto a darle lo que en un inicio le propuso, pues supo que para ninguno sería suficiente. Ella merecía más.

Ella dudó, creyó escucharlo mal cuando se sentó y la llevó consigo. Estar sobre él, la hizo sentir poderosa y débil. Avergonzada de lo que podía hacer y no se atrevía, de desconocer cómo continuar o si él esperaba algo.

Tiró de ella, poseyó sus labios. Juntos, tan cerca que se derritieron. Olvidaron que debían proseguir, uniendo un beso tras otro, convirtiendo sus labios en una pelea insoportable, que humedecía el ambiente.

Unos dedos rozaron los labios de ella, sus labios más internos. La tanteó investigando hasta dónde llegar, permitiéndole acostumbrarse a una incursión más peligrosa, más definitiva.

— Me sucede algo extraño… – Noemille rasgó el aire, dejando que su cabeza cayera, olvidando el sudor que descendía desde su nuca y también se acumulaba entre sus pechos, olvidó todo menos la tensión que crecía y crecía,

obligándola a olvidar, a dejar atrás lo que era –. No lo soporto…
– lloriqueó.

— Gatita, no te soltaré.

Y no lo hizo cuando se derritió, cuando se vio incapaz de soportar el peso de su cuerpo, cuando se dejó caer y sintió que él la apartaba ligeramente para bajarse los pantalones. Carne con carne, revivió ante la electricidad que los conectó.

Ella se alzó, lo miró incapaz de pensar. Notándolo colocarse en la entrada, sintiendo el miedo lejano reverberar en su cabeza, avisándola sin que quisiera escuchar. Lo estudió a él, queriendo averiguar lo que pensaba, si lo estaba disfrutando tanto como ella.

>> Gatita mía, debes confiar en mí.

— Quiero hacerlo.

Y él necesitó creer que era suficiente, tampoco tenía fuerzas para retirarse en ese instante si ella no se lo pedía. El tinte de sus mejillas, los labios del color de la sangre, hinchados por sus besos, lo solicitaban.

Introdujo la lengua en su boca y la penetró despacio. Bebió su gemido, su grito de dolor. Ella se tensó, él quiso esperarla.

— No importa, no es nada en comparación con el pasado – quiso tranquilizarlo ella.

— Yo no deseo dañarte.

Ella esbozó una sonrisa, él se movió acomodándose, y ella quiso más.

Se alzó y dejó caer. A la segunda él apoyó las manos en sus caderas, a partir de ahí quiso guiarla, el ritmo, la intensidad. Temía hacerle daño, al inicio, después, al ver que su gatita quería más se lo dio todo, porque todo le pertenecía.

Volaban juntos, no estaba tomando el placer de su cuerpo como en otras ocasiones, con Noemille no. Con ella sentía que la acompañaba a un lugar en el que ambos querrían quedarse, pero del que serían echados a patadas.

— Más fuerte... – susurró Noemille.

— Gatita mía, no creo que sea posible.

— Más fuerte... – repitió ella.

— Si lo intento tus huesos me apuñalarán – se rio el marqués, esforzándose por entrar en sus carnes con estocadas certeras. En cada embestida daba todo lo que tenía creyendo que no le quedaba más, para renacer al segundo siguiente.

El orgasmo los anuló, los devolvió a sus cuerpos, de nuevo extraños que se deseaban, que intuían algo más, pero eran incapaces de afrontar lo que el mundo nunca les permitiría crear.

CAPÍTULO 13

DOS SEMANAS DESPUÉS

Lady Coral estaba sentada ante el piano sin escuchar las notas que sus dedos golpeaban con más fuerza y rapidez de lo debido. La canción era un espejo en el que se mostraba, una serie de notas que habían sido creadas para la belleza, para perderse en la alegría de la primavera, consiguiendo una tempestad que lo borraba todo.

— Lady Coral, ha llegado – la informó Lisbeth, inclinando la cabeza, aunque sin alejarse.

— Hágala pasar.

Se giró, no se levantó, la ramera no lo merecía. No, en su lugar se acomodó con altivez, estirando las manos para que dejaran sobre ellas una tacita de té que no quería.

— Milady, espero no importunarla – dijo Cassandra al tiempo que revisaba la estancia con ojos golosos. Sus dedos le quemaban por hacerse con alguno de los tesoros que allí había

—. Creí que le gustaría saberlo – dejó caer con placer, haciendo que la damita se impacientase. Ella tenía ventaja y, cual perro goloso, necesitaba un premio a cambio de la información.

Dos minutos enteros, lady Coral suspiró y jugueteó con la cucharilla.

— Estoy segura de que puede perder todo su día sin que nadie lo note, en cambio, mis segundos han sido calculados con esmero. ¿Me hará perder el tiempo? – Le exigió una respuesta como sabía.

— Escuché una conversación del marqués. Ese hombre que desea no la quiere – resumió con placer la ramera. Ella, que había logrado que sus clientes la adorasen, miró a la enclenque con superioridad –. Pero eso ya lo sabe.

— ¿Tanto desea que le corten la lengua? Una palabra mía y usted perderá cuanto tiene – la amenazó lady Coral.

— Milady, lejos de mi intención. Yo pretendo avisarla, sus buenos dineros me han ayudado mucho. Aunque... – Estiró la mano, lady Coral asintió lentamente y Lisbeth dejó una bolsita –. su padre ya sabe que su interés se debe a otros motivos.

— ¿Padre? – No, no era posible, su padre no había podido caer tan bajo. ¿No? Necesitaba creerlo o se rompería. Lo único que la sostenía era que su padre nunca la había maltratado en público, ahora temía lo que pudiera haber acordado con el marqués. Se arrepintió de haber mostrado parte de sus sentimientos, de sus miedos –. Continúe.

— El marqués lo mandó llamar. Esta noche se reúnen en el club. – Cassandra plantó sus dos manazas en la cintura e hinchó el pecho. Todo ella era enorme, excepto sus ojillos azules.

— ¿Algo más? – Lady Carol estaba perdiendo la paciencia. Cuando la campanilla de la entrada sonó supo que había perdido más tiempo del que consideraba preciso —. Váyase, ¡ahora! – ordenó apurada.

Los pasos rápidos de una joven la tensaron, sonrió antes de que lady Samantha apareciera en el umbral. Su sombrero rosa apenas se mantenía sobre su cabeza, sus ojos violetas brillaron de alegría antes de correr hacia su hermana mayor y abrazarla.

— No creerás lo que ha sucedido hoy – soltó lady Samantha antes de percatarse de que no estaban solas, aunque al ver los ropajes de la 'invitada' su mente apenas reparó unos segundos en la meretriz que, disfrazada de sirvienta, aun no se había movido.

— Después – la detuvo lady Coral –, ¿no se retira ya? – Continuó mirando a Cassadra.

— Por supuesto. Milady. – Se inclinó y zapateó el suelo cual elefante. Sus pies caían pesadamente en el suelo mientras se alejaba, espiando también a la que creía tener el control.

Cuando Coral se creyó sola regresó al piano, aceptando la mano de su hermana y apretándola cariñosamente. Ella era, quizás, la única luz de Coral y también era con la única con la que lady Coral parecía humana.

— ¿Y bien? ¿Qué tenías tanto interés por relatarme? – le preguntó cual chiquilla, consciente de que su madre llevaba ausente desde incluso antes de que nacieran. Siempre oculta en el campo, siempre pendiente de todos menos de aquellos que habían salido de sus entrañas.

— Cuando te lo cuente no lo creerás. ¡Lady Brigitte ha sido hallada encamada con el jardinero! Poco importa ya pues la condesa es viuda, pero dicen que el muchacho apenas tiene veinte años y ella... – Lady Samantha se rio con fuerza al ser incapaz de procesar la vergüenza que, incluso en una historia que nada tenía que ver con ella, sintió –. ¿Te lo imaginas?

— Ella ya no debe preocuparse de la vergüenza o el escarnio, aunque dudo que la inviten a los próximos eventos. Brigitte, toma asiento y relájate.

— Hermana, — Se detuvo y sonrió con dulzura —. ¿Estás nerviosa? La fecha de tu enlace se aproxima y te convertirás en una dama respetada, podrás hacer cuanto gustes mientras tu marido te conceda su favor. ¿Lo imaginas? – chilló esperanzada – ¿Hoy vendrá a visitarte? Padre dice que no puedes salir sola con él, ¿por qué? ¿Teme que tú también...?

— ¡Brigitte! – gritó horrorizada lady Coral.

No, lady Coral no caería en las trampas. Puede que sintiera cierta curiosidad, nada más. El marqués era amable, servicial y cortés, sin embargo, ¿no se suponía que debía nacer algo en su interior que lo hiciera diferente al resto de nobles que se habían interesado por su persona? Ella quería creer que padre lo escogió porque buscaba deshacerse de ella, mas temía que, los motivos ocultos que pudiera guardar, la encaminasen hacia una mentira. Su padre jamás se rendiría, no hasta que la destruyese por completo.

Se alejó del curso de sus pensamientos, sintiendo el regusto de la traición en la punta de la lengua.

— Comprendo que no debemos hablar de ello, sin embargo, debes sentir curiosidad. Yo la tengo, aunque he de admitir que el marqués de Carisbrooke es un hombre apuesto. Se cuenta que ha tenido encuentros con varias damas casadas que estarían dispuestas a regresar a sus brazos. – Y eso era lo que Brigitte temía, miró a su hermana esperando algún tipo de reacción, no obstante, su gesto sereno permaneció inamovible.

— No se espera de él que me sea fiel. – Sonrió sin saber qué opinar al respeto. ¿Esperaba amor? Puede que no, aunque sí el suficiente respeto para no sentirse insultada. Si él guardaba tan poco su intimidad ella sufriría, como lo haría si jugaba con su destino como si no tuviera inteligencia suficiente para intuirlo. No, algo en su interior buscaba más y el primer paso era quitarse de en medio a la que seguramente era su amante. Hermosa, desde luego, pero mujeres bonitas había muchas.

"Necesito un hogar en el que ser feliz, un lugar en el que no tiemble cuando la puerta de la entrada se abra."

CAPÍTULO 14

Sentado en el gran salón de unos de los clubs de más dudosa reputación el marqués esperaba a su futuro suegro. Sin embargo, allí no usarían sus nombres o títulos, tampoco llevaban los ropajes habituales. Allí eran sombras que se divertían, dos hombres sin futuro que se unían a una fiesta continua.

Cuando su suegro se sentó Max alzó la mano, una mujer les colocó a ambos un wiski delante sin hacer más preguntas.

— No creí que fuera a acudir – comenzó el marqués con aire cansado. Sentía que traicionaba a Noemille solo por estar allí, aunque ella no sabía nada. No, a medida que los días transcurrían, y se acostumbraban a la presencia del otro, le costó más confesar sus planes de futuro. Ahora se sentía condenado, pues algo en su interior le gritaba que cuando ella lo descubriera se iría y no tendría forma de retenerla.

— ¿Lo dudaba? Ambos ganamos mucho en este acuerdo. – Alzó la copa y sonrió, moviendo su espeso bigote en el proceso. August, el gran conde de Saxonhurst, se la llevó a los labios sin llegar a probarla. No, él no impediría que el alcohol nublase su juicio, estaba allí para negociar los últimos términos del acuerdo y no se rendiría hasta obtener el máximo beneficio posible.

— Sí, supongo que el barón Camoys se lo ha explicado. Comprendo que usted cree tener gran poder, pero debe tener en cuenta que yo podría hacerlo desaparecer, a usted y a todo su linaje.

— No es necesario amenazar. Pronto seremos familia y en el vientre de mi hija ambos encontraremos la paz – relató afable –. Solo aprovecho hallarme en el lugar y momento adecuado. El tiempo se le acaba, la unión debe formalizarse antes de que llegue el invierno.

— Sí, y seguramente su hija sería una opción más que aceptable – escupió Max, en cuya mente el rostro de la que debía ser la elegida gritaba con placer y deseo, sonreía con dulzura, y lo llamaba cual sirena, rogándole porque acudiera a su lado, dejando de lado quien había sido hasta que sus caminos se cruzaron.

— Como ya le dije usted debe casarse y yo tengo a mi alcance la posibilidad de hacer desaparecer las pruebas. Mi hijo no es estúpido, hará cuanto le diga. – Maximillian habría retado a duelo al bastardo si no hubiera partido a las Américas. Un solo error, un momento de locura y se encontraba en las manos de un hombre sin escrúpulos, sin embargo, no se arrepentía de nada.

— Su hijo acabará bajo tierra, recuerde mis palabras – aseguró Maximillian, haría cuanto estuviera en su mano por lograrlo, pero necesitaba tiempo y solo el enlace se lo daría.

— Sabe que no puedo permitírselo, es mi único heredero. Un desafortunado accidente, ¿no cree? – enseñó los dientes cual lince, notando ya el dinero del marqués haciendo crecer sus arcas. Sí, desde luego el futuro era brillante.

— Dos semanas y yo mismo finiquitaré sus deudas. – Antes

de largarse de allí, asqueado por la impotencia que lo recorría, por las ganas de golpear al conde hasta que le arrancase la carne de los huesos, el marqués recordó la pistola que llevaba oculta. ¿Quién podría culparlo? Se aferró a la poca cordura que le quedaba.

— Una.

— He dicho dos y de gracias porque no tome otras medidas. Su hijo no regresará, nunca. – Cuando el conde trató de protestar alzó la mano –. Si lo hace yo mismo acabaré con su vida al amanecer. Si vuelve a acercarse a ella lo destriparé. – La imagen lo hizo sonreír.

Tiró de la capa con fuerza para recolocársela, para encontrar algo que hacer que no fuera rajarle la garganta a la comadreja que se regocijaba de lo ganado. Solo debía esperar, se dijo el marqués, antes o después volvería a caer.

— Espero que comprenda que mi hija no debe saberlo. Las mujeres y sus debilidades, el amor es un deseo que comparten cual enfermedad. Incluso su madre tuvo, en otro tiempo, ansias por tan asqueroso afecto. – Las odiaba a ambas.

— Lo imagino. – La ceja derecha de Maximillian se alzó, preguntándose quién podría encontrar atractivo en un repugnante gorrino vestido de seda. La barriga del conde se meció con fuerza ante el ataque de risa, concediéndose el privilegio de tomar el primer trago de su wiski. Tenía sed y pronto no pudo detenerse, siempre lo sucedía lo mismo.

En pocas horas estaría demasiado ebrio para caminar y solo podría regresar arrastrándose a su casa. Los criados lo ocultarían, nadie miraba dos veces a un conde, no importaba su estado.

Maximillian buscó su caballo, subió con rapidez y lo espoleó. Quería volar, ver el rostro de la muerte de cerca, retarla. Miró la luna, que ya había salido y brillaba con fuerza.

No era una hora aceptable, eso no le impidió golpear la puerta de su tío y solicitar ver a su prima. El mayordomo llevaba demasiados años trabajando para la familia para que pusiera objeciones, no, él guardó silencio e hizo lo que le habían ordenado sin protestar.

Cuando la joven Rosalie apareció, despeinada y cubierta con una larga bata blanca llena de encaje, Maximillian solo miró su rostro. Las ojeras y palidez le conferían un aire espectral, la imagen perfecta de la desolación, del corazón roto.

Lady Rosalie, que antaño sonreía a todas horas y traía luz a su paso, se acercó y tomó asiento. Sonrió queriendo parecer agradable, sin ganas, temiendo las noticias que su primo le daría. Aguardó, pues incluso tras dos meses, sentía la necesidad de saber de Danniel, su Danniel. ¿Eso seguía siendo? Apretó el pañuelo contra su pecho sintiendo la debilidad acudir ante su mero pensamiento. Lo seguía amando, una parte traicionera de sí misma seguía confiando en todas las promesas que él había roto.

— Querida prima, debo pedir perdón por las horas – se disculpó Maximillian, sentándose en el butacón que había al lado de la ventana –. Mas creo conveniente ser yo el que te transmita la buena nueva. – Sonrió triste, imaginándose qué estaría haciendo Noemille. Su ternura, incluso tras lo que había vivido, lo sorprendía, no parecía tener cabida en un mundo tan cruel. Ella le daba esperanzas, al menos cuando estaba a su lado, cuando la tenía entre sus brazos, sin embargo, a medida que se alejaba la realidad lo golpeaba con brutalidad.

— No debes preocuparte – aseguró lady Rosalie. Cabeceó y apretó las manos sobre su regazo. Tensó los músculos de su cuerpo sabiendo que, aunque los golpes no serían físicos, dolerían. Quiso respirar, el aire rozaba su garganta convirtiéndose en un suplicio –. Habla con confianza.

— En dos semanas me casaré con lady Coral. No volverán a molestarte, nadie sabrá nunca lo que sucedió. – Maximillian quiso mostrar seguridad, sin embargo, nunca confiaría en hombres como el conde de Saxonhurst.

— No tienes que sacrificarte – tartaudeó lady Rosalie, alzando sus ojos chocolate al tiempo que alejaba un mechón cobrizo –. Sé que nunca quisiste casarte.

— Prima, siempre ha sido mi responsabilidad – escupió Maximillian, incapaz de soltar tamaña mentira con rostro impasible.

— Encontraré otra forma. No dejaré que suceda, no, no lo haré – comprendió de pronto –. No permitiré que te fuercen a sufrir, conmigo será suficiente. – Se incorporó y acercó a Maximillian, tomó sus manos y tiró de él, para que la envolviera en un acogedor abrazo. Cuando pudo esconderse en el pecho del marqués suspiró, con el sabor salado de lo que había perdido en la punta de la lengua, los momentos compartidos con Danniel hacían más patente lo que nunca lograría. Debía aceptarlo, por mucho que su primo y padre tratasen de convencerla de que su futuro no había muerto con la traición del vizconde.

— No llenes tu mente de preocupaciones, yo me encargo de todo. – Besó su coronilla y la obligó a separarse. El joven que la acunaba y consolaba, mientras se escondían de todos los que podría juzgarlos, había crecido. Seguían siendo amigos, mas los secretos que ella se había empeñado en mantener por proteger al vizconde, habían creado una barrera que Maximillian no quería destruir ahora. No, seguía queriéndola, aunque también la culpaba.

— Max... Marqués de Carisbrooke. Quizás crea que soy una

caprichosa, que dejé que mis sucios instintos manchasen el futuro de ambos, incluso su espíritu. Yo... – ¿Qué decir cuando creía que todo era cierto? ¿Cómo explicarle que, por muy mal que hubiese actuado, nunca tuvo negras intenciones? – Yo... todavía lo amo. Puede sonar horrible, puedes odiarme. – No podía mantener la distancia, no con su Maximillian, no con el joven con el que creció y que siempre la sostuvo cuando lo necesitaba, incluso ahora –. Puedes odiarlo pues yo también lo odio. Cuando lo conocí traté de negar lo que sentía, quise alejarme, lo intenté. Prometo que lo intenté con todas mis fuerzas... – Lloró en silencio, sin esconder las gruesas lágrimas, sin sonidos molestos que no fuera el sorbo discontinuo que trataba de mantener bajo control otros fluidos desagradables.

— Rosalie, no importa. Calla, quizás sea mejor así.

— Él me juró que había caído en la misma enfermedad – prosiguió la joven, olvidando la presencia de su primo. Necesitaba soltarlo, se ahogaba si no lo hacía. Entrecerró los ojos, regresando al instante en el que la había besado y creyó que estaban en el cielo –. Juro que lo creí, incluso ahora me cuesta pensar que me hubiera engañado. Sí, ya sé. – Levantó la mano para detener la diatriba que Maximillian quiso escupir ante sus palabras –. Ya sé que no hago más que creer sus embustes, que soñar que aparecerá en mi puerta suplicando por mi perdón. – ¿Qué había querido contarle? Trató de regresar a su propósito inicial –. Solo trato de explicar que fue imposible rechazar unas emociones que me convirtieron en una marioneta entre sus dedos. Si me besaba temblaba, si me rozaba no tenía fuerza para pedirle que se alejase. Soy asquerosa, lo sé. – Clavó las uñas en el pañuelo que no soltaba, en el pañuelo que él le había regalado antes de que la traicionara.

— No lo eres – aseguró él, que sentía la misma fuerza arrolladora suplicándole porque dejase los deberes a un lado, porque no le hiciera daño a la gatita que había abandonado en casa. Ella, que debía ser un juego más en el que gastar las horas, se había transformado en todo su mundo –. No sufras, mi vida no cambiará tanto. La mandaré lejos, la olvidaré en el campo y haré que los que tanto daño te han causado sean castigados.

— ¡No! No, no le hagas daño. Sé que no debería, pero si él sufriera creo que no podría soportarlo – confesó la joven –. Sé que pido mucho y que tu propia libertad está en juego, mas temo por él. Sigo creyendo que...

— No lo digas.

— Él me amaba. No pudo fingir tan bien que me amaba – sostuvo lady Rosalie, que comprendía su reticencia a creerla.

Maximillian se giró, sin despedirse llegó a la puerta en dos zancadas. Quería arrancarle la cabeza por estúpida, gritarle porque siguiera defendiéndolo aun cuando no tenía argumentos ni excusas.

— ¿Acaso no lo comprendes? Te usó y cuando lo necesitaste te abandonó para que te violaran como a una furcia – recitó él, tensándose para obligarse a permanecer congelado mientras ella se dejaba caer sobre el sofá y se rasgaba las cuerdas vocales en un lamento que se estiró hasta que no pudo soportarlo más –. Algún día despertarás y lo odiarás como yo lo hago. Te protegeré, incluso de ti misma.

CAPÍTULO 15

Lady Rosalie no pudo dormir, aunque soñó despierta. El cansancio la alejaba del presente, regresando a cuando todavía se perdía en los brazos de su Danniel, de un vizconde arrogante que juró que la conseguiría, y lo hizo.

"Tonta, tonta, tonta", le repetía su mente. Estúpida, una dama vulgar que no consiguió hacerse respetar e, incluso entonces, cada caricia la guardaba en un cajoncito de su corazón que no quería clausurar.

Dos meses atrás. En ocasiones parecía poco tiempo en otras toda una vida.

Lady Rosalie se había preparado para la cita nocturna durante horas. Sentía la excitación de lo que sucedería saliendo de su corazón y dispersándose por su cuerpo, encendiéndola y haciéndola sonreír de anticipación.

Debía ocultarse e impedir que la descubrieran mientras se escapaba. Quería volar hasta los brazos de Danniel y besarlo, besarlo... solo de pensarlo le subían los colores. En ocasiones Danniel la había descubierto mientras oteaba esos dos pedacitos de carne que tanto la obsesionaban, la castigaba con esa sonrisa sarcástica y de desafío que tan bien le salía, consiguiendo que durante unos minutos no lograse pensar con claridad.

El poder que tenía sobre lady Rosalie era tal que había sido capaz de saltarse todas las normas volviéndose audaz.

Esa noche salió dispuesta a todo, creyendo que pronto sería su mujer ante dios, ¿qué había de malo por un pequeño anticipo? Seguiría siendo pura, se repetía, pero necesitaba más que lo que, durante semanas, habían intercambiado en las sombras que encontraban. Se buscaban demasiado necesitados, eso creía ella.

Cuando llegó al parque lo buscó. Dejó atrás al cochero, incluso cuando sentía un miedo frío y pegajoso deslizarse por su columna quiso esquivar lo que su sexto sentido le gritaba. Unos ojos golosos y peligroso la observaban, ella no lo sabía.

Esa noche le había mandado un aviso a su primo, molesta, preguntándole quién se creía que era para mandarla seguir. ¡Ya no era una chiquilla tonta! Le había escrito con la soberbia de quien creía que nada malo podría sucederle.

Cuando escuchó las ramas y hojas partirse bajo unas botas, acercándose, se giró con una sonrisa que no tardó en desaparecer.

No era él.

Un joven sonrió revisando su cuerpo despacio. La desnudó en su mente, queriendo llevarlo a la realidad. Se acercó y ella quiso huir, sofocando su grito con su húmeda y asquerosa boca.

Los besos que Danniel y ella habían compartido no se parecían en nada a lo que ese tipejo trataba de hacerle. El asco fue inmenso, el terror mucho más. Buscó desesperadamente alejarlo, tan desesperadamente que no consiguió nada más que caer bajo su pesado cuerpo.

Sentir a un desconocido tan cerca, rozándola, rasgándole

las faldas, buscando su piel, fue demasiado furo. Cada zona que el asaltante tocaba quiso arrancársela, quiso arrastrarse lejos, la vergüenza y el miedo a ser descubiertos hizo que sofocase los gritos que pugnaban por salir.

— Por favor. Deténgase – había suplicado la joven. Lady Rosalie no lograba comprender tanta maldad, se aferró a que el desconocido tuviera corazón –. Por favor, se lo suplico.

— Lady Rosalie. – ¿Cómo podía haber sabido quién era? Pero continuó, tenía más que decir –. Tu prometido me ha enviado, dice que acudirá más tarde. Debe comprenderlo, se ha emborrachado en el club y no quiere que lo vea en ese estado – le explicó con suavidad, como si no estuviera sobre ella tratando de forzarla.

— Déjeme, no me toque – lloró y se imaginó lo que diría, lo que sentiría Danniel. Le aterraba que la despreciara por lo que no se sentía con fuerzas para evitar. Miró al hombre que trataba de someterla, la mirada perdida que le lanzaba mostraba una locura oscura, una maldad que probablemente el alcohol que recorría su cuerpo había puesto al descubierto –. Lo matará, Danniel lo matará... – susurró al final, casi más para sí misma.

¿Se rendía? No, siguió arañando, no obstante, saberse sola era su condena. Se había creido a salvo de todo, intocable, la realidad le estaba enseñando, de la peor forma posible, que su piel podía marcarse, su cuerpo podía ser ultrajado, su alma podía separarse de su piel.

— Hermosa... – Su lisonja fue como lanzarla al barro y cubrir su piel con el peor de los venenos. La mataría, no podía dejarla con vida y correr el riesgo de que lo acusase. El pensamiento acudió y se alejó, pues casi había logrado colocarse entre sus piernas.

— ¡Ahí! Escucho su voz – dijo un hombre, su atacante se

tensó –. ¡Lady Rosalie!

El monstruo que la aferraba colocó su sudorosa mano sobre su boca, antes incluso de que su cerebro le diera la orden de gritar, de responder y descubrir su posición.

¿De dónde había sacado el cuchillo que apretó contra su estómago? ¿Cómo había logrado colarlo entre ambos sin herirla? ¿La había apuñalado sin que se fiera cuenta?

Lady Rosalie dejó de respirar, no recordaba cómo hacerlo. No me encontrarán, pensó cansada, triste porque Danniel la esperaba, porque quería llegar a él y aceptar sus besos, porque aún tenía pendiente aceptar su proposición de un futuro juntos.

Danniel, las lágrimas se deslizaron cual despedida. Podía ver sus ojos, su sonrisa triste al comprender que la había perdido. El vizconde de Saxonhurst era mucho más que el hombre estirado y arrogante que los demás veían, su pérdida lo destrozaría.

Y se vio libre, sin más. Lady Rosalie no encontraba la forma de ponerse en pie.

¿El tiempo se había ralentizado? Dos hombres giraban, mientras se golpeaban y un brillo metálico rasgaba el aire tratando de acabar con el contrario. Un tercero trataba de separarlos, lady Rosalie se llevó la mano a la cabeza y sintió la cálida humedad de la sangre. ¿Se había golpeado?

Lady Rosalie no escuchaba los gritos, parpadeó al ver que Danniel llegaba a la carrera. Despeinado, sucio, con las ropas rotas. ¿Qué le había sucedido? Lady Rosalie se mareó, el mundo se mecía como si estuviera sobre la cubierta de un barco y una gran tormenta estallase sobre su cabeza.

— Lo has matado – escupió Danniel, enfadado, furioso. Su postura presagiaba problemas, trató de llegar a ella y alguien

lo detuvo.

— No la mires siquiera – siseó alguien... Lo conocía, pero ¿quién era?

— ¿Maximillian? – inquirió la joven, buscando con su mano en el aire que había ante ella, sin comprender que estaban a varios metros y nada hallaría. Sin embargo, su primo acudió presto, con las manos rojas, negras bajo la poca luz de la luna. Ella no comprendió el motivo, no quiso ni pudo pensar en ello –. Me hizo daño.

— Lo sé cielo, no volverá a tocarte – replicó el marqués de Carisbrooke.

— No, él no consiguió... – ¿Cómo decirlo? No se trataba de que no quisiera usar la palabra equivocada sino de que no conocía la correcta. No habían terminado, Danniel se lo había explicado a su manera, ¿qué palabras había usado? – No entró en mí. – Alzó sus brillantes ojos, carentes de maldad o vergüenza. Solo necesitaba que lo supiera, no quería que su Danniel pudiera rechazarla, que ya no la encontrase digna de ser la madre de sus hijos.

— Tranquila, no te preocupes – pidió el marqués, impotente al sentir lo cerca que había estado de llegar tarde –. Es todo culpa tuya – siseó al pasar al lado de Danniel y golpear su hombro con el propio, deseando mucho más que un golpe tan 'ligero'.

El vizconde quiso tomarla él y apretarla contra su pecho, quiso guarecerla y pedirle perdón mil veces por lo que había causado. Ella no lo perdonaría, ¿cómo hacerlo cuando él mismo se odiaba?

— Iré a verla, la compensaré, le daré cuanto pueda desear – dijo el vizconde, ¿para quién?

Maximillian no se giró a mirarlo, apretó la mandíbula y bufó con fuerza.

— Limpia la zona. No deben relacionarlo conmigo, — Se detuvo —. ni con ella — ordenó.

— No se preocupe — la voz del barón Camoys sonó fría, carente de emoción, al tiempo que golpeaba el costado del cadáver que, en una postura antinatural, escondía el rostro —. Nadie sabrá que han estado aquí.

— No espero menos. — Era lo más parecido a un gracias que el marqués soltaría.

A medida que la adrenalina desaparecía Maximillian tropezó, perdió las fuerzas y tuvo que detener su avance. Llegó hasta el carruaje y la dejó en su interior, necesitando unos segundos para pensar, para recomponerse.

Había esperado desde esa noche que Danniel regresase. Cada noche susurraba su nombre, cada día lloraba porque él no cruzaba el umbral para suplicarle, para arrastrarse y devolverle la ilusión, la sonrisa. ¿Lo habría perdonado?

Lady Rosalie era estúpida, una estúpida locamente enamorada.

CAPÍTULO 16

Maximillian la necesitaba, necesitaba encerrarla entre sus brazos y aspirar su aroma para poder respirar él. Ella era su luz, su ancla, era lo único capaz de aportarle la serenidad que lo esquivaba.

Llegó a la casa sonriendo al comprender que ahora ese era el lugar en el que quería vivir, solo si era con ella. Dejó el sombrero y el abrigo, se apoyó en el pasamanos de la escalera planteándose la idea de subir y descubrirla en su dormitorio.

Era demasiado temprano, el sol ni siquiera había aparecido en el horizonte, mas no le quedaba paciencia suficiente para comportarse como se esperaba de él. ¿Qué le diría su gatita si rompía todas las normas del decoro y le suplicaba que le concediera unos segundos?

Dio el primer paso, después corrió y abrió su puerta con ansiedad.

Estaba dormida, su pelo revuelto, sus ligeros ronquidos una canción hermosa e imperfecta que, al pertenecerle, no pudo imaginar de otra forma. Ella convertía un lunar en una estrella, una cicatriz en una historia que necesitaba conocer.

Llegó a ella, le rozó hombro que le había quedado al

descubierto, dejándose caer de rodillas a su vera.

— Gatita… – gimió desesperado – Gatita mía. – Besó su hombro, sin derecho a robarle el descanso, sin derecho a pedirle que lo consolase, que lo sostuviera cuando él mismo habría de derribar lo que estaban creando. Nunca fue posible y eso dolía más que cualquier otra cosa.

— ¿Max? – ¿Max? ¿Era él? Se lanzó sobre su boca, le robó el alma y apretó su cabeza desesperado, ella lo aceptó con una sonrisa tranquila –. ¿Ha sucedido algo?

— Gatita, gatita te necesito.

— ¿Te encuentras bien? – preguntó preocupada, incorporándose ligeramente y alejando el cuerpo de su hermano. Marcus estaba agotado y no lo notó, es más, él mismo se alejó para acomodarse mejor sobre la almohada.

Tan poco tiempo juntos y creyó conocerlo, se sintió apreciada, especial cuando él la observaba, como si ser rechazado por ella pudiera herirlo fatalmente. Tomó su mano y permitió que la guiara al otro dormitorio. Sonrió confiada cuando lo vio cerrar la puerta, cuando se volvió y la acorraló.

Bajo la piel del marqués la ansiedad de un animal herido en lo más profundo, asustado con el futuro, con lo que habría de hacer. Quiso cerrar los ojos, impedir que el mañana los rozase. Tomó un mechón castaño y tiró con suavidad.

— Me odiarás – susurró él.

— No, no podría suceder nunca.

— Eres tan buena que no comprendes que nunca seré como mereces. Nunca podré ser tuyo realmente, estamos obligados a escondernos, a buscarnos lejos de las miradas de otros y ahora que te conozco sé que nunca sería suficiente. Para ninguno de los dos.

— Yo estoy bien – aseguró Noemille.

— Puede que ahora, ahora que no sientes la puñalada de los celos o la traición. Yo lo comprendo porque la idea de que otro hombre te tome, de que otro hombre se sienta con el derecho de desnudarte y poseerte me destruye – le explicó Max, rodeándola, disfrutando de cómo le quedaba el camisón, de cómo la tela caía cual leche por la suave piel que necesitaba tocar. Quería mucho más, tanto que era imposible conseguirlo en una vida.

Era tan sencillo estar con ella, sin dobles intenciones, sin planes ocultos. Ella lo miraba y lo veía, no su título o dinero, lo veía a él, aunque no creía que lo conociera realmente. Si lo hiciera sabría que estaba rozando el mentón de un asesino, si lo conociera sabría que no tenía ningún tipo de remordimiento y era precisamente eso lo que estaba acabando con su capacidad de descansar.

— No importa – dijo Noemille, aunque no podría asegurarle que estuviera siempre ahí cuando la buscase pues no era cierto. Ella comprendía que la fecha en la que habrían de separarse se acercaba, lo hacía desde que sus caminos se cruzaron. El problema era que, a medida que el tiempo transcurría, se le hacía más difícil la mera idea de soportar la distancia –. Disfrutemos del ahora.

— Gatita mía, – Tiró con suavidad de sus cabellos, hizo que echase la cabeza hacia atrás y mordisqueó su cuello sintiendo el rápido palpitar. Ella exudaba vida, una vida atrevida y sin normas, una vida que llevaba con orgullo y valentía. Tenía mil motivos para sufrir, para dejarse caer, pero estaba en pie y proseguía su camino sin rendirse, haciendo que pareciera sencillo, natural –. nunca debiste venir.

— Te necesitaba, mi hermano lo hacía.

— Ahora ya está fuera de peligro. Puede que no pueda darte más, sin embargo, nunca volveréis a pasar hambre.

— Muy generoso – replicó ella, deseando rechazarlo por orgullo pues, con cada uno de sus regalos, la impresión de que no hacía más que ponerle precio a lo que ella le regalaba, tratando de esa manera de distanciarse, era cada vez mayor –. Aunque no me has dado nada que te importe, – Cuando él iba a llevarle la contraria lo detuvo con un rápido y atrevido beso. Lo rozó con suavidad, sus mejillas ardieron haciéndola ver preciosa –. No debes preocuparte, siempre has sido sincero.

Se separó y desnudó, había aprendido, en los últimos días, que él dejaba en sus encuentros amorosos sus demonios, siendo capaz de sonreír al terminar. En ocasiones, cuando ella se entregaba y él la penetraba creía sostener a alguien diferente, torturado, con mil secretos que se desvanecían tras su máscara de marqués. La furia que desprendía cuando entraba en ella, cuando evitaba su mirada hasta que lo obligaba a aceptar la imagen que ella le dedicaba, era temible. No obstante, Noemille lo forzaba a conectar con ella y él no era capaz de negarse.

Confusos cuando estaban vestidos, incapaces de aceptar o comprender qué les sucedía, por qué se sentían destinados a caminar hacia el otro, a buscarse. Sin ropa saltaban sin miedo, dejándose emborrachar por las intensas emociones, emociones que les daban una valentía necesaria.

Max se quedó observándola. Por primera vez no se acercó, la dejó sola mientras alejaba la ropa, mientras se mecía en una música inexistente solo para él.

— Eres preciosa – gruñó, conteniéndose. No la tocó, mas ella sintió su deseo como una flecha que atravesó su corazón. Él era capaz de hacerla temblar con sus ojos, con su forma de sonreír –. No te detengas – suplicó al verla dudar con los finos pantalones que ocultaban sus piernas y sexo.

Y se lo pidió de tal forma que la respuesta negativa era imposible.

— ¿Esto es una amante? – preguntó ella, cuando se había quedado totalmente desnuda.

— Sí, pues nunca serás mi esposa. – Fue sincero, incluso cuando eso podía acabar con él.

Se sentó y quiso tratarla como tal, demostrarle cual era el verdadero papel de una amante. Quiso mostrarle lo que podrían tener en adelante para que ambos pudieran sobrevivir.

>> Siéntate en mi regazo. Con las piernas a ambos lados de mis caderas. Ven gatita. – Estiró la mano derecha.

Cuando acudió él aferró las delicadas muñecas de Noemille. Las sostuvo e inmovilizó.

— Me gusta tocarte... – lloriqueó ella.

— No, no volverás a hacerlo. Eres mi amante, estás aquí por nuestro trato. Yo os trataré bien a ambos. – Fue cruel, muy cruel.

Noemille se mordió los labios y asintió. No quería que fuera así, pero lo deseaba con tanta intensidad que quiso convencerse que era suficiente.

— ¿Así? – preguntó ella.

La miró y tiró de ella. Sin besos, ¡sin besos! Poco importaba lo que le gritase su cabeza. Ella lo necesitaba y él también.

— Gatita mía, alza las caderas. Necesito que me cabalgues espacio.

Asintió concentrada en su toque, en su aroma. Cuanto

más le concedía el control más se excitaba. Era sentirse en sus manos, saber que podría hacer cuanto quisiera con ella y, aunque a su corazón le encantaría que mostrase más ternura, sentirse apreciada, su cuerpo reaccionaba con intensidad ante la oscuridad que él emanaba.

>> Así. – Se bajó apenas unos centímetros los pantalones, lo justo –. Ahora desciende sobre él, métBlo en tu interior.

— Yo no…

— Gatita, no has de pensar. Desciende, siempre hemos encajado bien. – Se le cortó el aliento. El marqués no comprendió por qué esa frase, dicha sin maldad, revolvió su vientre –. Desciende.

Noemille asintió, fijó sus pupilas en las de él. No dejó de observarlo, conteniendo el aliento cuando, al sentirlo deslizarse por su interior, él mismo se vio incapaz de respirar.

— Quiero más – lo pedía sin hacerlo. Rogaba porque volviera a darle las caricias y besos que solía desperdigar sobre ella con generosidad –. No me apartes. Así me siento usada.

— Gatita, es necesario. No podemos seguir engañándonos. Tenemos que encontrar la forma de que funcione.

— Funcionaba, funciona. Cuando estamos solos no importa nada más, ¿verdad? Nadie puede vernos o juzgarnos.

— Nosotros lo sentimos. Noemille, llegará el momento en el que no duela. Debo casarme y nadie puede creer que lo hago por obligación, hay demasiado en juego. Deben pensar que la amo y para ello no puedo pensar en ti, verme tentado a volver a tus brazos. – Ella se tensó ante el miedo a perderlo, quiso clavar sus uñas en la piel del marqués y lo intentó, consiguiendo solo entrelazar sus dedos.

— ¿Te irás?

— Solo me apartaré por un tiempo. Si llegado el momento todavía me permites regresar lo haré, juro que lo haré.

— Me dejarás cuando has logrado que me importes — comprendió, queriendo gritar que lo hacía cuando lo amaba, cuando le había hecho sentirse especial y respetada.

— Volveré.

— No, nunca lo harás. ¿Por qué, cuando no soy más que la muchacha de las flores? No tengo nada que pueda importarte — reconoció con las lágrimas más ácidas pendiendo de sus largas pestañas. La estaba rasgando en dos.

Max soltó sus muñecas y envolvió su cintura. La guio en un lento movimiento, despacio, tan despacio que respirar fue doloroso. Pensar imposible, quiso consolarla y lloró mientras se amaban.

Él clavó los dedos en sus caderas. Se aproximó y mordió su hombro, ella gimió en protesta, pero envolvió su cabeza para mantenerlo ahí al tiempo que seguía meciendo las caderas.

— Me iré — resolvió Noemille con firmeza.

A Maximillian le costaba pensar, se concentró en ello, tratando de obviar el placer que estaba a punto de lanzarlo contra un orgasmo que lo cambiaría todo, que los separaría.

— No lo harás. Esta es ahora tu casa y me encargaré de que un abogado lo resuelva para que no debas preocuparte en el futuro. Tendrás dinero para mantenerte a ti y un hogar. — Ella quiso apartarse, él no se lo permitió —. Si te planteas rechazarlo piensa en tu hermano, en su salud.

— Me pagas demasiado — escupió Noemille, escondiendo el rostro ante el ridículo.

— No es...

— Lo es, marqués. Nunca debimos hacer tantas cosas... pero era inevitable, ¿no? – sonrió cansada, el orgasmo llegaba riéndose de la tormenta que arrasaba con su pecho. El cuerpo de Noemille actuaba por sí solo, demostrándole que poco importaba lo que tratase de sentir, su cuerpo siempre sería sincero si el marqués la tocaba.

— Lo era.

— Te vas.

— Debo hacerlo. – Su tono, mucho más grave, hizo que ella apretase los músculos sintiendo el final inevitable. Poco importaba cuánto tratase de posponerlo.

— No importa. Marqués, le doy las gracias por encontrarme. Me ha hecho feliz y, aunque nunca vuelva a ser suya, necesito que comprenda que ahora mismo, en este lugar, le pertenezco en cuerpo y espíritu. – Max no quería oírlo, no podía. La odió por el dolor que sus palabras le causaban, por lo mucho que la amó.

— No prosigas.

— Quizás nunca esté a su altura y debamos negar lo sucedido, puede que nunca signifique tanto para usted.

— Gatita...

— Marqués, ha salvado la vida de mi hermano y si me necesita lo ayudaré. – Cerró los ojos, se le acababa el tiempo –. Pero debe comprender que, por el bien de mi corazón, si se marcha no puedo volver a dejarlo entrar.

— Gatita...

— Júreme que no volverá a buscarme.

— Gatita, no me obligues a pronunciar esas palabras.

— Debe hacerlo, si le he importado algo debe respetarme lo suficiente. – Se inclinó y lo besó –. Júremelo.

— No puedo hacerlo.

Ella se tensó, el orgasmo se detuvo, la agria sensación se incrementó cuando cortó el encuentro de golpe.

Noemille se levantó y recogió su ropa. No trató de vestirse, hizo un bulto con todo y se dirigió hacia la puerta. Miró sobre su hombro al hombre que había conseguido hacerla creer. En las pocas semanas que lo conocía lo había conseguido, ¿cuándo? Era una pregunta que no se sentía capaz de responder. Sencillamente se introdujo en su pecho y temía que nunca fuera a marcharse.

La frustración, el dolor, la pérdida. Maximillian miró su desnudez con el corazón roto, como aquel que observa un hermoso cuadro, necesitando memorizarlo para flagelarse por no luchar más, por dejarla alejarse de él.

CAPÍTULO 17

Un mes había transcurrido desde que Maximillian le dijo adiós. Le costó creerle al principio, creía que en cualquier momento volvería a buscarla, a desnudarla, a poseerla. Se había conformado con esos encuentros, había llegado a creer que podría ser feliz toda la vida con los momentos que compartían entre palabras que apenas comprendían lo que sentían y, justo por ello, eran insuficientes para emociones que los confundían.

Noemille miró a su hermano que, con inocencia, se había acostumbrado fácilmente a la nueva situación. Como si siempre hubiera disfrutado del privilegio de acostarse con el estómago lleno, como si nunca hubiera dormido en la calle, sobre la húmeda y fría piedra, él sonreía a todas horas, dispuesto a hacer mucho ruido. Lo oteó con amor, un amor triste y cansado.

— Noe. ¡Noe! Quiero salir. ¿Por qué no podemos ir al parque? – Cruzó sus pequeños brazos con determinación y una mirada decidida.

— Estoy cansada, Marcus.

— Estás triste – le replicó él.

— Cierto, y por eso no me apetece salir.

— Noe, me dijiste que yo era tu luz y tu alegría – le recordó el pequeño, que sabía cómo tocar el corazón de su hermana.

— Cierto – dijo ella, recuperando el brillo en los ojos –. ¿Entonces?

— Solo un ratito, volveremos pronto – la tentó Marcus, acercándose a ella y abrazando la falda de su vestido.

Leonor, que estaba limpiando la mesa tras la comida, sonrió con ternura. Se movió con rapidez para sus cortas piernas, sus manos nunca estaban quietas.

— Señorita, yo podría ir con ustedes. También necesito comprar un par de cosas – sugirió la sirvienta, dama de compañía y, poco a poco, amiga.

— No queremos importunarla – susurró Noemille, que temía salir por miedo a cruzarse con Maximillian y no poder hablarle, por miedo a tenerlo cerca y no poder tocarlo.

— Estoy aquí para servirlos, – Se aproximó a Marcus y le sonrió con cariño –. a ambos. – Y le guiñó un ojo al niño con complicidad. Puede que ella nunca pudiera tener hijos, pero su instinto estaba ahí y el pequeño se lo despertaba. Supo que lo cuidaría siempre, si estaba en su mano.

— Comprendo. – Noemille cruzó las manos –. He estado perdida antes de empezar. – Se aproximó a la puerta y recogió los guantes de la mesita del té –. ¿Teníais alguna ruta pensada? – inquirió mirando a su hermano.

— Pasteles. Leonor dice que hay una señora que vende los más deliciosos. – Marcus se llevó el índice a la boca y lo chupó al tiempo que recapacitaba –. ¡Quiero pasteles! Noe, si me das pasteles hoy dormiré sin moverme.

— ¿Eso harás? – Noemille se rozó el costado sintiendo que sus costillas se lo agradecerían. Llevaba varios días indispuesta y le costaba pensar con claridad. Si hubiera podido elegir habría dormido toda la tarde, pero nunca había sido una persona perezosa y no empezaría ahora –. Quizás ya seas todo un hombrecito y necesites tu propia cama.

— No. Noe, ya no me apetece un pastel. – Se tiró sobre el sofá –. No me gusta estar solo.

— ¿En el mismo cuarto? Sabes que nunca te dejaría.

— Tengo miedo, la oscuridad da miedo – espetó temblando, abrazándose y recordándole a ella que, aunque pareciera que el pasado quedaba atrás, ambos lo llevarían siempre bajo la piel, bajo la sonrisa que querían mostrar al mundo.

— Quizás más adelante. – Noemille cuadró los hombros, no podría vivir oculta eternamente –. Yo también preciso estirar las piernas, creo que estoy engordando mucho.

— Usted está preciosa. – La lisonja de Leonor la hizo sonreír. La sirvienta la apreciaba, aunque también era cierto que ella misma era rolliza, por decirlo con suavidad, y era posible que, para su gusto, a Noemille todavía le faltase un poquito de carne.

Se aventuraron fuera y Noemille se fue quedando atrás mientras el joven Marcus tomaba la mano de Leonor y tiraba de ella, pidiéndole todo cuanto sus ojos veían.

Cuando llegaron al parque pidió quedarse sentada en uno de los bancos mientras les permitía alejarse a inspeccionar el lugar. Sonrió y apretó las manos, soportando las miradas que dejaban sobre ella con estoicismo, nunca tuvo nada de lo que avergonzarse. Incluso convertirse en la amante de un marqués era digno si sus motivos lo eran y Noemille no encontraba mejores motivos que curar a su hermano.

— ¿Puedo tomar asiento? – Una voz de hombre, calmada, ronca, la hizo sobresaltarse. ¿Dónde estaba su cabeza para no haberse dado cuenta de su cercanía?

— Claro, yo ya me iba.

— No tiene motivos. Puede que no sea correcto que la aborde de esta manera, pero siempre me ha gustado romper las normas y, por el chiquillo que la acompaña, creo que usted ya no es una joven tierna y virgen. – El descaro que el señoritingo demostró la llevó a querer pelear. ¿Quería soltar sobre él la furia que el marqués había provocado con su abandono? No lo pensó.

— El chiquillo es mi hermano, ¿era eso lo que quería averiguar?

— En realidad, deseaba conocer su nombre. Un rostro tan hermoso debe tener un nombre igualmente perfecto. – La miraba de una forma que la incomodó. El desconocido, cuyos ojos verdes brillaron con determinación, no se daría por vencido –. Si la hace sentir mejor siempre puedo presentarme primero.

— ¿Eso hará? No cambiará nada.

— Soy el barón Milfreud. Gerald solo para usted – lo dijo tan bajo que creyó haberlo escuchado mal.

— Y para muchas otras. Puede que tenga razón en algo, no soy una chiquilla tonta que pueda engañar y, para no hacerle perder el tiempo, le regalaré una confidencia.

— No creí que fuera a tener tanta suerte – ronroneó el barón acercándose más, hasta el punto de que varios ojos se giraron interesados por la situación que estaban creando. Las malas lenguas los habrían destrozado si supieran algo de ella, sin embargo, ella era una incógnita para todos.

— No seré suya. – Noemille lo imitó, acercándose tanto que pudo percibir su aroma masculino a jabón y tabaco. Parpadeó descubriéndose en un error, para retirarse con rapidez.

— ¿Cree que eso es lo que busco?

— ¿Qué otra cosa querría? Todos los hombres son iguales – escupió venenosa, atravesándolo con sus ojos grises –. Desnudarme y poseerme, si además consigue que no hable, que guarde sus secretos, sería perfecto – describió pensando en el marqués, necesitándolo, sabiendo que por escuchar su nombre en los labios de Max se lanzaría al vacío.

— Lo dice como si supiera de lo que hablo.

— Ciertamente. ¿Acaso está tan ciego que no reconoce la decepción en mis ojos? Nada puede hacer para cambiarlo, es mejor que centre sus esfuerzos en aquella que muestre algo de interés. – Se levantó, la firme mano masculina la tomó del brazo.

— Me gusta – reconoció para sorpresa de ella –. Me gusta mucho. ¿Me acompañará mañana a un paseo en caballo?

— No sé montar.

— Puedo enseñarle – insistió él.

— Me dan miedo.

— ¿Carruaje? – El barón, Gerald para ella, se levantó y, mientras Noemille colocaba el sombrero sobre sus rubios cabellos, pasó el pulgar sobre el rápido latido de la muñeca femenina.

No era mucho más alto que ella, no como Max. Aunque habría de reconocerle que era fuerte y sus brazos se intuían poderosos bajo sus ropajes. ¿Por qué los comparaba? ¿Acaso le interesaba?

— Ni lo sueñe – le negó sus deseos con tozudez, cruzándose de brazos y, en el proceso, haciendo que su escote pareciera mucho más apetitoso para el barón.

— Creo que soñar será lo que haga.

Ella sonrió pues no era una señoritinga, como quería aparentar y, en cierta forma, la sinceridad que el barón demostraba le gustaba.

— Espero que lo disfrute – le guiñó un ojo al hombrecillo que, creyéndose incapaz de ser sorprendido, dejó caer la mandíbula –. ¿Le sucede algo?

— Es usted perfecta.

— Creo que ha enfermado. Quizás haya cogido frío, debería regresar a casa antes de que las fiebres lo atrapen. – ¿Se estaba insinuando? Noemille no se reconocía, ¿lo hacía como venganza a Max? Quería molestarlo, hacerle daño, quería castigarlo por no estar allí, por no ser él el que le dijera todas esas palabras.

— Creo que ya lo han hecho.

— Tengo que irme – comentó Noemille al ver que Marcus y Leonor regresaban. La sirvienta frunció sus gruesos labios en señal de desaprobación, Noemille quiso echarle la lengua y sonrió satisfecha al no ser una de las señoritingas que por allí pululaban.

— Dígame su nombre, necesito que me dé algo para poder encontrarla.

— Seguro que hallará la forma – replicó ella, dándole alas.

— Delo por hecho.

Cuando se alejaba no quiso girarse, no debería espolear

su interés, aunque era agradable ser el objeto de interés de alguien que no encerraba las palabras hermosas bajo llave o las ocultaba en una casa de la que no podrían salir juntos. ¿Tan mal estaba necesitar que la quisieran lo suficiente para no avergonzarse de su persona?

Cuando iba a salir del parque el barón llegó corriendo, para tenderle un guante. Era de ella, al tratar de tomarlo de los dedos masculinos, el barón cerró la mano y la atrapó.

Marcus gruñó cual animal, Leonor lo calmó con un toquecito en la cabeza para que no interviniera, no todavía. Algo le decía, sobre todo teniendo en cuenta la expresión de su señora, que no necesitaba que la ayudasen a 'recordarle' al barón cuál era su lugar.

— Gracias. – Se acercó y estiró, Marcus sabía que la sonrisa tranquila que acompañaba el ceño fruncido de su hermana era el ojo del huracán, que podría destrozar cuanto a su alrededor se encontraba sin despeinarse, y por eso contuvo el aliento disfrutando de la situación –. Podría premiar su gentileza, ¿no cree? – insinuó Noemille, mordiéndose el labio inferior y pestañeando con rapidez. Se acercó más, tanto que no descubrió los ojos azules que, furiosos, seguían sus movimientos – ¿Qué podría darle que tuviera valor suficiente para usted y no conllevas mi condena? – le preguntó esperando con tranquilidad la respuesta del barón.

— Mi condena ya la ha conseguido. – El barón se inclinó y miró la suculenta boca de la joven. ¿Había perdido la cordura? Si lo hacía y el padre de la joven se enteraba podría exigirle que cumpliera, aunque al tenerla cerca la idea de que esa joven le perteneciera no fue tan desagradable como debería. Estaba cansado de buscar a la esposa perfecta, de tratar de buscar una hábil y elegante respuesta que no lo comprometiera o dejase quedar como si fuera absolutamente imbécil –. ¿Está segura de eso?

— ¿Me teme? – Noemille aparentaba ser tan delicada que podría romperse. Si la apretaba con fuerza se fragmentaría en mil pedazos, si la abrazaba temía perderla entre sus brazos. Colocó los dedos en el mentón de la joven y, cuando ella le permitió alzarlo, se dijo que estaba inmerso en un sueño, que era imposible que la realidad fuese tan perfecta como lo que, con ella, estaba a punto de vivir –. ¿Y bien?

— No debería, no sería correcto. – Fue difícil comprender unas palabras rasposas que se atragantaban en la lengua del barón, negándose a salir –. Dígame que me aleje.

— Yo le concederé su premio – susurró Noemille, que pensó en Maximillian, que había tomado de ella más de lo que había querido darle, que le había arrancado la capacidad de soñar. Sí, Noemille quería sangre y ya no importaba de quien. ¿Acaso creían que podían jugar con su corazón sin que ella lo defendiera? ¿Creían que volvería a cederlo, que permitiría que lo rozasen para después devolverlo a la fría soledad?

El barón se acercaba, Noemille se preparaba para patearle sus joyas reales con saña, tal y como había visto en otras ocasiones hacer a las prostitutas, cuando alguien le arrebató al hombre.

En un instante estaba ante Noemille, al siguiente ella miraba el vacío.

— ¿Qué ha...? – Noemille no tuvo tiempo de terminar.

El golpe lanzó al barón al suelo, Gerald no se lo creía ni comprendía el motivo que había llevado al marqués de Carisbrooke a lanzarse contra él. Se palpó el mentón pensativo, sin moverse, notando que una sola palabra equivocada quebraría el escaso autocontrol que el marqués conservaba.

>> Maxi...

— ¡Calla! ¿Qué crees que estás haciendo? – escupió furioso, completamente ido. Se volvió a ella queriendo zarandearla hasta hacerla entrar en razón. La traición de que, tras tan poco tiempo, la hubiera encontrado en una situación tan comprometida hizo que su furia virase hacia la joven – ¿Ibas a besarlo? ¿Tan poco vales?

— Marques de Carisbrooke. Debería tranquilizarse, la joven no tiene culpa – intervino el barón al contemplar como Noemille perdía el color y se tambaleaba.

— ¡No se meta! – gritó el marqués sin importarle lo que pensasen los demás, no entonces – ¿Ibas a besarlo? – reintentó él, tomando el brazo de Noemille con aparente delicadeza.

— Nunca – negó Noemille sincera.

— ¿Cómo puedes ser tan cínica? – le espetó Maximillian que, incluso ahora, quería besarla hasta hacerle comprender, como él había descubierto, que no importaba que tuvieran que conformarse con otros, nadie la haría sentir lo mismo. No había manera humana de reemplazarla – No me mientas.

— No lo hago.

— ¿Acaso me llamas estúpido? Os he visto, he visto cómo te tocaba, cómo buscabas sus besos.

— No me importa lo que crea saber o haber visto – enunció Noemille.

¿Cuántas veces le habían fallado a lo largo de su vida? Demasiadas, tantas que Noemille ya no se sentía insultada, ni herida, lo miraba con la serenidad de quien sabía que su interior se había marchitado y congelado. Su corazón se detuvo, aunque no fue porque él la estuviera acusando sino porque, incluso entonces, ella se habría dejado querer. Era tan triste su existencia que, después de tantos reclamos, habría sonreído como una tonta si él fuera el que tomase sus labios. No quiso pensarlo, no podía hacerlo sin caer en la autocompasión.

>> ¿Necesita algo más?

— Si lo veo cerca de ti lo retaré a un duelo – la amenazó.

— ¿Algo más? – preguntó ella, queriendo alejarse para no sentir la tentación de caer cuan bajo podía al tentarlo, al acercarse y llamarlo con su cuerpo, con sus ojos – ¿Puedo irme ya?

— Noemille… – ¿Cómo podía sonar tan bien su nombre en los labios del marqués? Fue una caricia sucia, caliente, resbaladiza, que recorrió la columna de la joven para aterrizar entre sus piernas con una fuerte descarga. Quiso que lo repitiera.

— No diga mi nombre. Ya no tiene derecho – le recordó ella sin aliento.

— Noemille… – insistió Maximillian, ella quiso huir y él tiró. El grito de Noemille consiguió que el barón se decidiera y se colocase entre ambos.

— La dama quiere retirarse y lo hará. Si con alguien tiene que hablarlo es conmigo – atajó el barón, no contaba con que, para Max, el barón no era nadie.

— Aléjese o le corto la mano.

— La dama está cansada, ¿acaso no puede verla? Apenas consigue mantenerse en pie, no tiene ni debe presenciar nuestra conversación. – Gerald quiso hacer entrar en razón a quien se negaba a claudicar. No soportaba que su gatita se alejase, lejos de sus dedos, sus brazos, su boca y lengua. Era más sencillo gritarle, aferrarla con uñas y dientes y zarandearla con suavidad a postrarse a sus pies y confesar.

— La dama soportará lo que yo le diga – siseó Max.

— Ella no merece que la trate así.

— ¿Qué sabe usted lo que ella merece? – La lengua del marqués ya no podía detenerse. Tanto precisaba dejar claro que ella le pertenecía que no midió lo que sus palabras provocarían, lo que sus actos impulsivos estaban logrando –. Ella no es más que un animal hambriento que recogí y cuido, alguien que mimo y me pertenecerá siempre. Ni la mire, ella es mía y siempre lo será.

Se detuvo, nada de eso era cierto, no para Max. Él la veía como a un ángel, como a un ser celestial que lo bendecía al simplemente reconocerlo, entonces ¿de dónde habían salido tan crueles palabras? El marqués se odió a su mismo, no fue capaz de mirarla, temía lo que los ojos grises de su gatita pudieran mostrar.

El barón no quería creerlo, mas la joven guardaba silencio. Ella se conformó dejando caer el rostro, aceptando el golpe sin caerse, era cuanto podía hacer en ese instante sin permitir que las lágrimas, que creía que ya no poseía, aparecieran y era lo último que la joven permitiría.

Era una mujer, puede que desde niña lo había sido. Fue madre y ahora un animal.

Quizás el marqués tuviera razón, ella se había arrastrado como una serpiente por las calles cuando su cuerpo estaba tan cansado que amenazaba con dejar de responderle. Ella había suplicado como un gatito herido para remover los corazones de los ricachones y obtener unas monedas. Ella había soportado los golpes como el perro más fiel y seguía acudiendo a ciertos lugares a por trabajo, aceptando que robar, mentir, engañar o sencillamente vender unas flores era mejor que el estómago vacío.

Era verdad, comprendió Noemille.

El marqués era un hombre alto, fuerte, decidido, sincero y rico. ¿Qué era ella? Nada, nada al lado de quien había tenido la deferencia de acariciarla y decirle hermosas palabras cuando la desvirgó. La amó, o eso le hizo creer, y ella le daba las gracias pues recuerdos hermosos guardaba ahora en su corazón. Sonrió ahogándose en el dolor de no ser suficiente, ¿cuándo había olvidado quién era? Ese había sido su error.

— ¿Puedo irme? – consiguió soltar Noemille.

— Noe. – Marcus tiró con fuerza del agarre al que la sirvienta lo sometía. Leonor nerviosa había aferrado unos cuantos cabellos del muchacho y con parte de ellos se había quedado entre los dedos. Marcus vio a su hermana lejos de su cuerpo, queriendo mostrarse fuerte ante todos, lo necesitaba. Acudió a la fina y fría mano de Noemille, apretó con firmeza –. Podemos irnos a donde gustes. El mundo es de los pillos. – Usaba sus frases como a ella le gustaba, su hermana no respondió –. Noe...

— Gatita. – Maximillian no lo pensó, cuando lo hizo fue tarde.

— ¿Gatita? – Noemille sonrió y Max escuchó su corazón quebrarse en tantos pedazos que era imposible volver a unirlos. Lo miró y faltaba todo lo que lo había llevado a fijarse en ella, era tan bonita como cuando la había encontrado, puede que incluso más, pero la luz, la ilusión, la fortaleza y determinación ya no estaban –. Gatita. – Asintió y envolvió la diminuta mano de Marcus –. Debemos regresar – dijo solo para Marcus.

— Claro, señora – susurró Leonor.

— Noemille, debemos hablar – suplicó el marqués, sin preocuparse por la presencia de un barón sorprendido que lo analizaba todo, a cada minuto más interesado –. Noemille, iré a verte y podremos explicarnos.

— Por supuesto. – Se inclinó –. Marqués. – Cabeceó –. Barón. – Repitió el gesto.

El barón se inclinó en respuesta y sin palabras. Max no supo qué hacer para retenerla.

Sin embargo, la presión fue demasiada.

Ella necesitaba creer que, si sus piernas soportaban dar dos pasos, se recuperarían. El temblor quedaría atrás. No fue cierto.

El sudor le humedeció las manos, la frente. Un aire frío la hizo temblar, le costaba pensar. Quiso llegar a un lugar en el que sus enemigos no presenciasen su caída, algo que era inevitable.

Noemille perdió la consciencia y el grito del marqués de Carisbrooke sobresaltó a los nobles que allí se encontraban. La desesperación con la que corrió a recogerla, con la que inspeccionó el rostro de la mujer, era prueba suficiente para sospechar, mas fue el delicado beso que depositó sobre sus labios el que confirmó que ella era la amante del marqués.

CAPÍTULO 18

Un latigazo, dos, tres... Noemille se acurrucaba para no sentir, tratando de alejarse de un cuerpo que, cada vez que lo creía imposible, le demostraba que el calvario podía empeorar.

Apretó los dientes.

— ¿No confesarás? — El sadismo de Maya, que aferraba el látigo cual báculo, hizo que pospusiera la pregunta no queriendo terminar con el castigo —. Dime dónde has escondido el dinero y te dejaré marchar.

¿Podía creerla? ¿Quién le aseguraba que cuando lo obtuviera no los asesinaría para evitar ser descubierta? Aunque, ¿a quién le importaban dos pobres diablos? No, ellos eran ahora sombras que valían tan poco que nada importaba lo que gritasen, lo que les hicieran.

— No puedo. Lo necesitamos — evidenció ella, pues era lo único que les quedaba, lo único que su madre les había legado —. Si se lo doy moriremos.

— Muchacha, puedo asegurarte que, con tu cara y cuerpo, podrás conseguir lo que precisas. Al menos si hablas. — Se detuvo e hizo sonar el látigo al rasgar el aire. Noemille gritó esperando el dolor, guareciéndose entre sus delgados brazos.

La risa de la mujer fue lo más cruel que nunca escuchó –. Hazme caso. Muchacha, todavía podrás abrirte de piernas.

— No puedo – gimió Noemille, provocando que sus azotes se reanudasen.

Morir, ¿era eso lo que estaba esperando? Se preguntó la niña – mujer que comprendió, de golpe, que su madre la había protegido de una realidad despiadada que ahora los engullía. Ella no podría, no se sentía con fuerzas para enfrentarla...

Un llanto agudo la reclamó. El bebé solo pedía que alguien lo protegiera y eso consiguió despertarla.

Observó a su hermano, tan diminuto, sin nadie más que acudiera. Estaba sobre una manta a unos metros, se revolvía queriendo encontrar la forma de tocarla, pero estaba demasiado lejos. Noemille sintió el impulso de estirar los dedos, no lo hizo por miedo a que Maya centrase su atención en él.

Un solo golpe y... No, no permitiría que nadie tocase a Marcus.

Noemille vio su dolor reflejado en los ojos de su hermano. El sufrimiento que Marcus mostraba con crudeza la consumió, dejando solo a un animal dispuesto a todo para poder consolarlo. Quería apretarlo contra su pecho y hacerlo sonreír, necesitaba que él fuera feliz para poder disfrutar a través de su alegría.

No podía permitir que todo terminase en manos de Maya, incluso cuando para sobrevivir debían perder lo único que les daría cierta seguridad. Su mente le decía que no confesase, su corazón, a cada segundo en el que el llanto de Marcus se intensificaba, sabía que confesar era lo único que podía hacer.

>> Bajo la chimenea.

— ¿Qué has dicho? – Maya golpeó la espada de Noemille

haciéndola gritar, aullar desesperada.

— Bajo la chimenea.

Noemille abrió los ojos, no estaba sola. Un olor intenso ascendía por su nariz, obligándola a alejarse de las pesadillas, quiso darle gracias al que portaba el frasquito hasta que comprendió de quién se trataba.

— ¿Te encuentras mejor? – Su voz, su rostro preocupado, ¿acaso nada conseguiría que su corazón dejase de traicionarla cuando Maximillian se acercaba? Tan cerca de él, solos, escondidos de la realidad, allí donde podía aceptar sus atenciones, ¿no? – Llorabas.

— A lo largo de mi vida me han hecho mucho daño.

— ¿Yo también? – inquirió el marqués, colocando un mechón tras su oreja. Tan suave se sintió entre sus dedos que no pudo dejarlo ir del todo – ¿Yo también te he hecho daño?

— No importa. No deseo hablar de ello.

— Yo necesito saberlo. Nada de lo que dije era cierto. Lamento cada una de esas palabras, estaba cegado por tu cercanía con otro hombre, por tu manera de mirarlo – confesó Maximillian con rapidez, escupiría cuanto tuviera que soltar para que ella volviera a mirarlo con alegría e ilusión, para que los ojos grises, que lo atormentaban en sueños, volvieran a brillar.

— Dijo la verdad, no ha de mortificarse. – Quiso levantarse, él no se lo permitió. La arropó con desesperación, impotente al no saber cómo hacerla regresar. Ella estaba frente a él, pero se alejaba a cada segundo, encerrándose en un lugar al que no podía acceder –. Milord, he de regresar al lado de mi hermano, no soporta estar lejos de mí.

— Los sirvientes están con él.

— Es a mí a quien precisa – recalcó ella, tozudamente –. Soy yo la que siempre estuvo ahí, soy yo quien nunca lo dejará.

— Quédate, no te vayas todavía – suplicó él marqués abrazándola. Era tan sencillo aceptarlo, dejarse querer, que ella fue un cuerpo muerto que permaneció tumbado mientras Maximillian la apretaba contra él.

Lánguida, lo observaba al tiempo que luchaba contra la ternura y el deseo, lo miraba consciente de que ceder a lo que su corazón le pedía no era posible, no si quería ser capaz de continuar con su vida sin él.

>> Tócame. Necesito sentirte.

Y lo hizo. Deslizó las yemas sobre sus fuertes hombros, sintió los músculos de él tensarse ante el contacto. Los recorrió y sopesó, mas algo fallaba. Ella había acatado la orden como si no fuese capaz de negarse, como si pensar en hacerlo pudiera romper la barrera que detenía la furia, el rencor, el odio, la tristeza. Tantos sentimientos negativos que había lanzado lejos para que no pudieran destrozarla, tantos sentimientos luchando juntos por regresar.

>> Noemille. Mírame, no soporto tu frialdad.

— Le doy lo que me pide – dijo ella sin comprender a qué se refería. Cumplía cada orden al momento, si él pedía ella se lo concedía porque él había pagado por su persona, por su tiempo, por su vida. ¿Acaso también eso lo hacía mal? – Le doy lo que me pide.

— Sí, me das lo que te pido – concordó él –. Sin embargo, necesito más que lo que te pido. Necesítame. Tócame y aférrate a mí.

Ella clavó las uñas en sus hombros a través de la ropa, algo se sobresaltó bajo sus costillas. Pestañeó nerviosa, queriendo enterrar dichos sentimientos.

>> Bésame.

¿Era posible hacerlo sin sentir?

Posó los labios y quiso retirarse, Maximillian la atrapó antes de que pudiera lograrlo. Mordió su boca con suavidad, tiró de sus labios y jugó con ellos, posponiendo el ataque final.

¿Había suspirado?, se preguntó Noemille. No era esa su intención. Oía la voz de su conciencia cual eco lejano, estaba ahí, pero se encontraba tan lejos que Noemille no lograba comprenderla.

>> Gatita mía, voy a devorarte.

Ella asintió.

— ¿He de desnudarme?

— Gatita, quieta. Para. – Aferró sus manos. Apartó las mantas y trató de memorizarla. Puede que ella no quisiera sentir, sin embargo, su pecho subía y bajaba con demasiada rapidez. Estaba nerviosa, sus pupilas dilatadas y labios rojos fueron lo más erótico que el marqués hubiera visto nunca.

— Tú habrás de desnudarme a mí.

— ¿A ti? – pareció despertar Noemille.

— Me quitarás la ropa, me tocarás a tu antojo. Podrás hacer y pedir cuanto gustes.

— Yo no tengo derechos sobre usted. Yo no tengo derecho. – Su cabeza se meció nerviosa negándose a aceptar la propuesta. Puede que creyese que podía dárselo todo, pero él le pedía que lo tomase y no estaba preparada –. No me obligue.

— Castígame, pégame si así te sientes mejor.

— No sabes lo que dices.

— Gatita, clávame las uñas o los dientes. No importa, si lo necesitas hazlo – trató de convencerla.

— No sabes lo que dices porque nunca te han golpeado de verdad. – ¿Por qué había soltado eso? Lo dijo con furia, con asco incluso. ¿Cómo podía pedirle que se convirtiera en un monstruo? Ella jamás podría sentir placer al alzar la mano sobre otro, al bajarla con la intención de causar mal. No, ella no era así –. Nunca te has arrastrado suplicando que se detuvieran, creyendo que morirías allí, que no serías capaz de superarlo.

Era parte del ayer, del pasado. Maya había muerto, nunca la encontrarían. Tampoco la buscaron, nadie la apreciaba y nadie lloró por quien había abusado de demasiados.

— Noemille, ¿qué te han hecho?

— Demostrarme que no valgo nada – remató la joven, sin comprender por qué ante el marqués le costaba repetir lo que había escupido en tantas ocasiones. Ella lo decía cuando un día la insultaban, cuando le ofrecían una moneda por tomarla en una sucia esquina como a una perra, aunque nunca hubiese aceptado. Lo susurraba cuando veía a una dama llorar por un lazo y el hambre hacía rugir su vientre. Lo gritaba cuando era su hermano el que callaba sus dolores para no hacerla sentir mal.

>> Nada que usted no pueda comprender. ¿Acaso le importa? Mas hay algo que sé y es que nunca me convertiré en lo que odio. – Y lo miró, la llama era diminuta en sus pupilas, pero ahí estaba. Ella continuaba escondida, agazapada, en el interior de un hermoso cuerpo y él necesitaba recuperarla.

— ¿Me odias a mí?

Ella guardó silencio. No lo sabía. No, no lo odiaba, no sentía nada. ¿Verdad? Entonces, ¿por qué, cuando el marqués mostró su pena, ella acarició su mejilla?

— No importa. Me han dicho cosas mucho peores. Sus palabras no tienen valor para mí. – Asintió conformista.

¿Alguna vez le habían dolido las palabras y humillaciones? ¿Había tenido tiempo para sentirse insultada? Casi nunca, en contadas ocasiones, aunque no siempre fue sencillo procesar la gran diferencia que existía entre ella y una dama de bien.

>> Solo estoy cansada.

— No sé curarte, no creo poder hacerlo nunca. No sé qué palabras usar, pero te ofrezco lo que soy. Tómame, toma lo que tengo, sabes que en mis brazos sonreirás.

Lo sabía. Él era demasiado bueno en lo que hacía, era demasiado adictivo y debía ser capaz de caminar lejos sin romperse, mantenerse fuerte porque no era solo su vida la que estaba en juego.

— Se lo agradezco, pero debo declinar su oferta.

— Voy a besarte. Voy a acariciarte y, si tan convencida estás de que no me necesitas, detenme. Una sola palabra y me iré, me iré y no volveré a buscarte – dijo el marqués.

Su corazón se encogió, su boca se secó. Noemille jadeó y sintió pavor por la convicción que Maximillian había mostrado. Ella creía que ya se habían dicho adiós, ahora sabía que no era cierto.

Cerró los ojos y disfrutó del peso de su cuerpo. Cerró los ojos y despegó los labios, jadeó y él entró en su boca.

Encajaban, dos seres tan diferentes que si uno amaba el sol la otra prefería la oscuridad para poder esconderse. Ella sabía que no deberían ni mirarse, que era algo abominable condenado a fracasar. ¿Cómo había osado alzar tanto la vista?

"No puedo decirle adiós", comprendió ella. Despacio lo recibió, agotada de mostrarse fuerte, de pensar y razonar, harta de recoger las migajas que colocaban otros en el camino, sin pedir nada para ella. ¿Era tan egoísta como se sentía en ese instante? Puede, ¿era tan malo?

Una última vez.

Se aferró a ese pensamiento para concederse un perdón efímero, un perdón que le permitía abrir los brazos y acariciarlo. Un perdón que usó para morderlo con suavidad y abrir las piernas, alzando las caderas para que él comprendiese su muda invitación.

>> Necesito entrar en ti. Dime que es lo correcto. Dime que me deseas tanto como yo a ti – suplicó el marqués –. Necesito saber que no estoy obligándote a darme lo único en lo que puedo pensar. Has convertido mi mundo en un lugar sin sentido. Todo lo que antes tenía un motivo ahora carece de lógica. Solo regresar a tu lado importa.

— Pero no volverá. Esto... – Lo miró para que comprendiera que el 'esto' eran ellos dos juntos, el juntos quemaba –. No existe.

— No debe existir – la corrigió él.

— Usted no es mío. – Maximillian mordisqueó su cuello para callarla, demasiado cobarde para frenarla con palabras –. ¿Por qué me pide que lo acepte si se marchará? ¿Para qué me pide que abra mi corazón, para arrancármelo con la despedida?

— Seguiré cerca. No te abandonaré. – Y con esa promesa un peso se alejó –. No volverás a estar sola.

— Nunca lo estado.

— Cuidaré de ambos – prosiguió mientras rozaba su húmeda entrada. Movió las caderas y trazó un círculo sin llegar a penetrarla. No, no lo haría hasta que ella se lo pidiera. Quería que soltase su nombre en un gemido, que lo gritase después –. Te regalaré rosas y hermosos vestidos. Perfumes que dejarás caer entre tus pechos, en el arco de tu cuello. – Y besó su pezón derecho sobre la ropa, para mordisquearlo después. Lo apretó entre los dientes, castigándolo.

¿Cómo podía tocarla con tanta devoción sin amarla? Ella había imaginado el amor muchas veces, ese sentimiento que muchos comparaban con la locura, había sido intrigante para ella desde que era una niña, ahora sabía que nunca podría comprenderlo.

Noemille lo amaba, tal era la certeza que negarlo no tenía sentido. Lo amaba y puede que lo hiciera siempre, era imposible olvidar cuando la intensidad de la emoción paralizaba su mente, su corazón y también su capacidad para hablar. Ella, incluso cuando le decía que solo le concedía lo que él había comprado, le ofrecía mucho más.

¿Por qué Maximillian no? ¿Cómo lograba regresar a una vida sin ella? ¿Acaso la tensión que lo consumía, sus ojos vidriosos y esos gruñidos salvajes que escapan de su boca, eran todo fingimientos?

No, el marqués estaba tan perdido como ella, solo que cuando el marqués recuperaba la ropa también lo hacía con la cordura. Al menos eso intuía Noemille, que se desesperó al sentir, por décima vez, que el amago de penetrarla se quedaba solo en eso.

— Me tortura – lo acusó ella.

— ¿Eso hago? Necesito que estés conmigo, que me supliques o grites, que rompas el cascarón en el que te encierras para protegerte, incluso si eso implica arriesgarte conmigo – le explicó Maximillian –. Pídemelo, sencillamente reconoce ante mí, ante ambos, que lo necesitas tanto como yo.

— Lo hago. No pedí que te detuvieras.

— Me suplicas que me aleje cuando tus ojos me esquivan y tus labios se ven incapaces de romper la distancia de nuestra cuna. Lo haces cuando te niegas a usar mi nombre, a rozar mi cuerpo con normalidad, a verme como a un igual – trató de hacerla comprender que él no usaría lo que allí sucediera en su contra, que no usaría nada de lo que esas palabras escondían para herirla, sería el dulce secreto de ambos. Era el paraíso que querían conservar y al que debían renunciar, un lugar preciado en el que no necesitaban máscaras o excusas, juntos podían sonreír o soñar, aunque fueran conscientes de que el sueño se quedaría en un anhelo prohibido.

— Temo lo que pueda suceder si te acepto, si olvido los motivos que nos alejan.

— ¿Qué podría suceder? – le preguntó Maximillian.

— Todo. Nada sería imposible y eso te convertiría en el posible padre de mis hijos, en mi esposo, en el hombre que me despertaría cada mañana. – Se mordió el labio para detener tan ridículas palabras –. ¿No es estúpido? Siempre creí que si tuviera dinero suficiente para cuidar de mi hermano sería feliz.

— ¿Y no lo eres?

Ella quiso girar el rostro, él no se lo permitió. ¿Acaso creía que podría esconderse de él? Maximillian no estaba dispuesto a permitirle la retirada, a dejarle tomar el camino más sencillo. Era suya, allí, en ese instante, su gatita era solo suya.

>> ¿Lo eres?

— Cuando te marchas no lo soy – dijo con la boca pequeña

–. Es como quedarse vacía.

— ¿Y cuando estoy contigo?

— Me duele, me ahoga, la intensidad me consume – comenzó a recitar los síntomas ella.

— ¿Tan malo soy?

"Todo un demonio", pensó ella al ver que se inclinaba amenazador sobre su boca. La ceja derecha de Max se alzó, su sonrisa pendenciera demostraba que no encontraba nada malo en consumirla, es más, lo disfrutaba, ambos lo hacían.

— Sí, es tan intenso que duele y deseo más. Nunca es suficiente, incluso cuando me pregunto si podré soportarlo sin romperme – prosiguió Noemille.

— Fundirme contigo – susurró él en su oreja, la lamió y continuó –: tratar de formar un solo ser contigo, intentarlo con cada fibra de mi ser. Si pudiera introducirme bajo tu piel lo haría.

— Es tarde. – Ella se lanzó de lleno, de poco servían los secretos cuando él la tenía entre sus dedos y podía hacer con ella cuanto gustase. ¿Por qué mentirle a él y a ella misma? – Ya estás bajo mi piel, ya estás en mi corazón.

— Calla. – él tapó sus labios, no logró silenciarla.

— ¿No deseabas saberlo todo? – No se percató de cuándo había comenzado a tutearlo, no se detuvo en nimiedades.

— Gatita mía, dime que entre en ti.

— Te amo – finalizó Noemille rendida, sus ojos grises brillaron, su boca sonreía.

Maximillian le tapó los labios, besando la mejilla de Noemille con desesperación. Se escondió en su cuello, lo succionó y marcó, frotándose entre sus piernas con movimientos frenéticos.

— Max... — Ella trató de llamarlo, él apartó la mano —. Maximillian, te amo.

— Lo sé, gatita. Gatita, dime que entre en ti.

— Ya lo has hecho — repitió ella que, a pesar de los calores que la envolvían, estaba perdida en la conversación que mantenían.

— En ti, aquí, gatita — le explicó introduciendo solo la puntita, lo justo y necesario para que Noemille comprendiera que podía entrar en ella de una forma terrenal capaz de hacer volar su alma. Juntos se despegarían de sus pieles para fundirse en uno solo, acariciando y besando con tal frenesí que olvidarían donde tocaban o chupaban, olvidarían los movimientos controlados para dejarse llevar por el instinto.

— ¿Qué debo decir?

— Di mi nombre, dilo como solo tú puedes hacer.

¿Cómo era eso? Era un nombre, hermoso, único, que lo describía a la perfección, pero solo un nombre.

— Maximillian.

No dejaron de mirarse.

Ella contuvo el aliento, él soltó el aire mientras sentía que las paredes vaginales de su gatita lo estrangulaban. Lo envolvió y apretó tanto que se detuvo y concentró en cuanto se le ocurrió.

En el proceso recitó dos poemas e hizo varias sumas, no fue suficiente.

— Envuélveme con tus piernas. Será rápido, pero no me

iré solo.

— ¿Irte?

— Eres preciosa – se rio el marqués ante su inocencia que, incapaz de comprender el doble sentido de sus palabras, le demostraba por qué solo ella podía resplandecer para él –. Haré que disfrutes como nunca antes.

Ella lo deseaba, lo necesitaba. Buscó su boca, sus caricias, se sintió hermosa, única por su forma de tratarla. Las pupilas de ambos eran incapaces de separarse, sus manos se unían y sus dedos se entrelazaban pues ambos temían ese adiós que pendía sobre sus cabezas.

Cabalgaron desesperados, uniéndose con fuerza en un sonido carnal que los encendía, que los llevaba a un borde peligroso que ninguno quería saltar. Se rozaban, sus cuerpos húmedos, sus bocas sedientas, sus dientes chocaron en varias ocasiones.

— Maximillian... – gimió Noemille.

¿Quién podría no perderse ante una súplica de esa intensidad? El marqués desde luego había dejado el corazón en manos de su gatita y le concedería cuanto le pidiera.

Noemille alzó las cadenas, más profundidad, más fuerte, más...

Ella se estremeció, él dio los últimos empellones. Juntos, mirándose, ese contacto mucho más íntimo que cualquier otra cosa. Eran esas miradas profundas las que los conectaban y desnudaban, mucho más eternas que lo que compartían. El acto del amor que realizaban no era nada sin esas miradas, sin la sensación de que, sin el otro, no tendría sentido. ¿Quién más podría hacerlos sentir tan especiales?

CAPÍTULO 19

Noemille se quedó dormida mientras él pasaba los dedos por su pelo. Su aroma, el sonido de su respiración pausada y esa forma que tenían sus traviesas manos de buscarlo, fueron capaces de mantenerlo a su lado durante dos horas, pero la noche se acababa y no podía seguir negándose que era el momento de partir.

No quiso despertarla, no se encontraba con fuerzas para hablar con ella, para usar las palabras que tanto temían ambos.

Besó su frente, después, con mucha más suavidad, su boca, mientras se volvía a vestir. Se sacó el pañuelo del bolsillo y limpió el fino hilo de baba que caía por la comisura de su boca. Era sencillamente perfecta.

— Volveré, no permitiré que nada nos separe. Solo debes esperarme.

No era capaz de pedírselo cuando estaba despierta, no quería detener su vida pues sería demasiado egoísta. No, prefería confesarse cuando su inconsciencia lo protegía.

>> Te haré feliz. Encontraré la forma.

Puede que tuviera que cumplir con lady Coral para impedir

que el conde de Saxonhurst lo delatase, puede que, hasta que se casasen tuviera que fingir que estaban enamorados, representar su papel con suficiente eficacia para que nadie sospechase de sus motivos, pero ¿y después? ¿Quién podría juzgarle por tener a una amante?

Apresuraría la boda cuanto estuviera en su mano, incluso si para ello debía mancillar el honor de su prometida. En el pasado habría estado encantado de desvirgar a una, dulce y recatada, damisela que no sabía nada de lo que acontecía entre un hombre y una mujer, ahora todo era diferente. Solo el rostro de Noemille acudía a él cuando pensaba en yacer con alguien y, solo su rostro, conseguía encenderle la sangre.

Se fue porque posponerlo le impediría hacerlo. Tenía un motivo, algo por lo que continuar y era ella. Encontraría la forma.

Se escabulló sin llamar la atención de nadie, ni siquiera esperó a que el mayordomo le abriera la puerta. Cuando el cochero quiso reaccionar ya estaba dentro del carruaje y había golpeado el techo pidiendo regresar a donde habitaba, aunque no a su hogar, su hogar se quedaba con Noemille.

Entró cansado, tentado a buscar a lady Coral y casarse esa misma noche, consciente de que, incluso queriendo apresurar la boda, nada debía ser cuestionable.

Su mente trabajaba a toda velocidad cuando se sorprendió al ver que, al otro lado de la ventana, el sol había salido. Un nuevo día despuntaba cuando la campanilla de la entrada sonó. No tenía cabeza para recibir visitas, aunque eso no importaba.

— Lady Coral desea verlo — lo informaron, Maximillian asintió.

Su prometida no esperaba descubrirlo, con la ropa arrugada, sentado de cualquier manera sobre la butaca mientras vaciaba la undécima copa. No la paladeó, la hizo deslizar por su gaznate con desesperación, para pasarse después la mano por el pelo.

— Buenos días, espero que pueda perdonarme por presentarme de esta manera – quiso excusarse lady Coral, mientras hacía un gesto a la sirvienta que la acompañaba para que se retirase hasta el pasillo y les concediera algo de intimidad –. Preciso hablar con usted.

— Aquí siempre es bienvenida. Este es su hogar – completó ofreciéndole asiento.

Justamente de eso se había encargado su padre, de forzarlo a fingir y aceptarla. Debía representar un papel que solo era real con Noemille, haciendo que su gatita lo juzgase desde las sombras cuando él dejaba caer hermosas palabras sobre la mujer equivocada.

"No significa nada", se dijo Maximillian.

El marqués quiso aparentar seguridad, tranquilidad, cuando tentado estaba a tomar a la damita por el cuello y lanzarla a la calle, sacarla de su casa.

— De eso quería hablarle – atajó lady Coral.

Sin saber cómo introducirse en un tema que, para ella, era vergonzoso cuando menos, jugó con sus guates. No debería sumergirse en ello, debía callar y aparentar, mostrar cordura y aceptar que los hombres tenían sus necesidades, mas lady Coral no era de las que tragaban y miraban hacia otro lado. No, ella se enfrentaba a lo que la importunaba.

>> Comprendo que nuestro compromiso puede ser una situación estresante para vos – prosiguió con la impresión de que no era la elección correcta. No, ella habría sido más brusca y directa de haber podido –. Ahora es usted quien debe comprender que yo me encuentro en la misma posición, solo

que yo me hallo ante el escrutinio de una sociedad que anhela hundir a alguien solo para tener de qué hablar.

— Cierto, son crueles. Somos crueles — le concedió el marqués, que apenas prestaba atención a la mitad de lo que su boca dejaba caer.

— ¿Y usted? Dice albergar hermosos sentimientos por mí y me humilla corriendo a buscar a otra. No insulte mi inteligencia al tratar de negarlo — pidió alzando la mano derecha, que retiró con rapidez —. Ahora bien, no permitiré que juegue conmigo. No dejaré mi futuro en manos de alguien caprichoso que se deja llevar por sus más bajos instintos.

— ¿Mis más bajos instintos? — La voz de Maximillian se hizo más aguda —. ¿Qué podría saber de eso una dama como usted?

— Cede a la carne de una cualquiera, de una desarrapada que recogió de las calles y le calienta la cama sin hacerse valer.

— Calle — pidió el marqués apretando la copa.

— Ella no es nada y, sin embargo, me avergüenza por socorrerla — siseó lady Coral. Apretó el mentón antes de continuar, era un requisito indispensable —. Se deshará de ella.

— ¿Cómo dice? — casi gritó Maximillian fuera se sí. La copa protestó, pero él no la escuchaba.

— La desarrapada desaparecerá de su vida y no hay más que discutir — lo enfrentó lady Coral, demostrando un temperamento que, hasta entonces, no había hecho acto de presencia. Los ojos azules de ella lo estudiaron y la decepción que mostró no le pasó desapercibida al marqués.

— ¿Pretende darme órdenes? — De pronto su tono era demasiado bajo, sosegado. Tanta calma debió avisarla, pero ella estaba desesperada por vencer y creyó estar tan cerca que quiso recorrer los últimos metros de un salto.

— Le aseguro que cuando sea mío, cuando seamos esposos, no volverá a pensar en ella – lo tentó lady Coral sacando el abanico y meciéndolo con fuerza. Jugó con él y, tras unos segundos, lo cerró, para pasarlo por su cuello mientras aparentaba pensar, aunque ya había tenido mucho tiempo para ello –. Esa zorra ha jugado con usted, por mucho que me duela decírselo. Lo único que busca es su dinero, todos saben a qué se dedicaba su madre y debería tener cuidado.

— ¿Lo saben? – Maximillian prácticamente siseó. Ella estaba anudando la soga entorno a su delgado cuello y él aguardaba como podía.

— Perdone mi indiscreción, pero me he tomado las molestias de investigarla – le relató ella, que se sentía más que orgullosa de lo que había logrado. Eso era lo que hacía una buena mujer, cuidaba su hogar de todos aquellos que tratasen de destruirlo –. Ha de comprenderme, solo velo por el hombre que… – No, no podía ser tan cínica. Ambos sabían que los sentimientos que los unían eran quebradizos y no demasiado profundos, aunque la dama quería creer que los cimientos estaban ahí, no estaba del todo segura –. que se convertirá en el padre de mis hijos.

— Debería darle las gracias. – Maximillian se levantó, miró la copa concentrando su atención en ella, hasta que la furia lo arrastró.

El marqués, que antaño sobresalía por su temple y astucia, se vio lanzado al más oscuro abismo al ser testigo de cómo trataban a Noemille, cómo hablaban de ella sin conocerla, sin haber descubierto su bondad y ternura.

Maximillian se giró y estampó la copa contra la pared. Los cristales se diseminaron por doquier, saltando y alejándose más de lo que la dama creía posible.

Lady Coral se sobresaltó, ahogando el grito que trató de lanzar.

>> ¿Cree que es eso lo que haré? Más tentado me hallo a azotarla por su atrevimiento. – Ella tembló pues, al otearlo, supo que si no lo hacía era porque todavía no tenía el derecho pues, en caso contrario, ya la habría colocado sobre sus rodillas –. Sabe – gruñó acercándose y ofreciéndole galantemente la mano.

¿Qué podía hacer? ¿Negarse? Fue difícil estirar el brazo, cobarde quiso correr lejos, sin embargo, si habrían de compartir el resto de sus vidas de nada serviría alejarse unos días.

Él tiró y la obligó a levantarse. Se inclinó y la estudió, ella contuvo la respiración, incapaz de tratar de sosegarlo con sus astutas y elegantes palabras, temiendo que, si volvía a hablar, él enloquecería por completo.

>> No me gusta, no la amo, ni siquiera la soporto.

Las mejillas de la dama perdieron su color, sus labios temblaron. No conocía en absoluto a quien sería su dueño, el marqués que temblaba ante ella, en un fútil intento de contenerse, era un monstruo capaz de arrasar con todo. Ningún noble que se preciase habría reaccionado de esa forma por soltar un par de verdades sobre una joven de dudosa reputación. Ningún noble la habría tratado de forma tan descortés.

>> Aunque no importa – continuó Maximillian. La última vez que él había tocado un mechón de Noemille lo hizo con ternura, con tanta delicadeza que fue como sostener a una delicada mariposa entre sus dedos. Ahora, tomó el mechón de lady Coral y lo envolvió en su índice despacio, obligándola a avanzar.

Rostro con rostro, se retaron.

— Perdóneme. No volverá a suceder.

— Eso espero. – Quería gritar, soltarle un par de verdades. Insultarla como ella había hecho con quien no le había causado mal alguno y quien no estaba para defenderse. Su Noemille no se habría rebajado de esa forma, no, ella nunca hacía daño queriendo –. Será mi esposa, tendrá mi dinero y apellido, sin embargo, ahí se quedan mis deberes con usted. Me habría gustado tratarla mejor, en mis intenciones estaba, pero usted me ha forzado demasiado.

— Entonces, ¿por qué...?

— ¿Me caso con usted? – completó él – Porque la ambición de su padre no tiene medida. Es usted algo que ha vendido a un buen precio, he de añadir. ¿Qué le sucede? ¿No va a decir nada?

— Yo no deseo eso. Lo necesito a usted.

— ¿Qué es lo que no desea? ¿Acaso no ha comprendido ya que poco me importa lo que usted quisiera al venir a mí? – Maximillian se odió, a las mujeres había que respetarlas y cuidarlas, no obstante, la maldad que lady Coral había demostrado fue demasiado.

— ¡No me importa! He renunciado a mucho en mi vida. He aceptado a cuanto me pedían por cumplir un solo sueño y usted no va a arrebatármelo – aseguró lady Coral.

— Debería callarse.

— Quiero ser madre, tener una familia de verdad, una familia en la que mis hijos se sientan amados – le confesó buscando ablandarlo. Le estaba robando el único sueño que había mimado desde que era pequeña, lo único que conservaba con inocencia desde entonces. No dejaría de luchar por conseguirlo, no aceptaría convertirse en un ser olvidado y solitario en alguna casa de campo donde se consumiría. Ese no sería su destino.

¿De verdad pasaría de un infierno a otro?

>> Seríamos felices.

Y usó su cuerpo sin saber cómo. Estaban muy cerca y él olía bien, era fuerte y guapo, la inquietud le oprimió la boca del estómago, la confundió. Era de descocadas, de mujeres vulgares usar sus encantos para vencer, no obstante, estaba desesperada.

Maximillian no retrocedió, la curiosidad fue ganando terreno.

— Lady Coral, puede que haya sido brusco. Solo trataba de hacerla comprender que no me hará cambiar, que los motivos que me unen a usted no son los que deberían y no podrá pedir de mí más que una boda bonita y mucho dinero. Lamento decepcionarla.

— No lo comprende, marqués. — Se estiró y sus labios ahora estaban al mismo nivel. De puntillas, aferró las solapas de la chaqueta del marqués, se apoyó ahí para un último movimiento.

La desesperación es una mala consejera. El marqués le gustaba, le gustaba lo suficiente para que, cuando sus labios se encontraron, sus párpados cayesen y suspirase. Era un mar de nervios que ya no sabían cómo continuar, que había decidido llevar el control en su primer beso de verdad, un beso inaceptable que sabía a cielo.

Maximillian no podía moverse. Era normal besarla, ¿no? Ella se veía indefensa, la mujer que trataba de encenderlo era diferente a la dama que entró allí dispuesta a convencerlo. La confianza y seguridad que lady Coral solía desprender se transformó en sumisión y dudas.

"Merecía su rechazo, merecía sufrir", se dijo él.

Lady Coral nunca había notado el transcurrir del tiempo más lento. Si creía que, con tan suave toque, él tomaría el control para arrasarla, para tratar de sobrepasarse, tal y como relataban las viudas, el marqués fue cuanto se esperaba de un auténtico caballero.

Permaneció tieso como un palo, ella acabó retrocediendo preguntándose qué más podría hacer. Sabía dónde se encontraba el placer de los hombres, no se veía capaz de internarse bajo los pantalones de él. Quiso llorar al retirarse y apretar el abanico contra su pecho.

>> ¿Por qué? ¿Tanto asco le produzco? Ella no puede ser mejor que yo – tartamudeó entre ahogados suspiros.

— No se arrastre más. Rece porque aparezca el día que unamos nuestras vidas, le prometo que diré unas hermosas palabras, aunque irán destinadas a la misma desarrapada que usted ha denigrado.

— ¡No sería capaz! – boqueó lady Coral.

— No voy a tocarla como a ella, no voy a tomarla como a ella. Si alguien llevará mis hijos no será usted.

Las lágrimas pesaban tanto bajo los párpados de lady Coral que salió corriendo de allí prometiéndose que haría que el marqués le pagase la humillación. Lo vería caer y, de rodillas, le suplicaría por entrar en su lecho, por darle lo que ahora, entre mofas, le negaba.

CAPÍTULO 20

Dos días y Noemille dejó de esconderse para llorar. El malestar no hizo más que empeorar, hasta tal punto que borró cualquier pena y la sustituyó por un cansado cabeceo junto al orinal.

— Señorita, debería permitirme llamar al doctor – sugirió Leonor, que ya sospechaba las causas de su mal. Sus ojos verdes la observaron con pena, su aspecto había empeorado mucho y las ojeras empezaban a casar con la pérdida de peso. La muchacha se consumía y sabía que, en parte, se debía a la ausencia del marqués.

— No quiero molestar – susurró Noemille, limpiándose la boca con un trapo húmedo. Tembló cansada, agotada no solo mentalmente, se dejó caer con suavidad en el suelo y quiso descansar algo. Apenas había dormido en toda la noche.

— El doctor también podría revisar a su hermano. Aunque ya está bien es bueno que lo tenga controlado – sugirió Leonor, sabiendo que hilos tocar para que cediera.

Noemille quiso levantar la cabeza y la volvió a dejar caer. Se mordió el labio para contener el quejido, estaba tan enferma que podría morir y no se sorprendería.

— ¿El marqués de Carisbrooke ha mandado aviso? – preguntó Noemille tímida.

— No, pero han llegado varios paquetes con regalos para usted y su hermano.

Noemille no quería compañía ni consuelo. Apretó los dientes y se concentró en su respiración para controlar las náuseas, no sirvió de nada.

En su estómago no quedaba nada, pero incluso esa 'nada' deseaba salir. Ella se alzó con rapidez para depositar, los pocos fluidos que le quedaban, en el orinal. Gimoteó sin ánimos para hablar o quejarse, el mal de amores era mucho peor de lo que había imaginado.

Leonor llegó hasta la muchacha y le tendió un vaso de agua, que la joven rechazó al instante. Leonor la ayudó a sentarse y apoyarse en la pared, le cambió el camisón que le cubría por otro menos sudado y se atrevió a besar su mejilla.

— Puede que no tenga derecho, pero le he cogido cariño suficiente para tomarme ciertas licencias, niña – soltó la criada, palmeando cariñosamente la mano de la joven.

— ¿Qué sucederá si Maximillian se entera? No puede verme así, necesito que siga deseándome, puede que así regrese algún día. – Y mantenía la esperanza, aunque cada vez que acudiera a ella perdiese un poco de sí misma.

— Deje para el futuro los quizás, nunca suelen ocurrir como pensamos. Ahora debe recuperarse para tener las fuerzas necesarias para enfrentarlo. Muchacha, si algo he aprendido en todos los años que llevo sirviéndole es que solo una persona logra desestabilizarle, solo una hermosa mujer ha conseguido devolverle el fuego que cuando era joven lo caracterizaba. – Se incorporó y sacudió el delantal, se detuvo unos segundos más en añadir –: No renunciará a lo que ha descubierto, incluso cuando hubiera asegurado no necesitarla.

Pero Noemille no estaba tan convencida de ello. Maximillian no solo tenía dinero, sino el atractivo y la fuerza necesaria para que todas las mujeres se postrasen ante él. No necesitaba ir a su lado para imaginarse las miradas de deseo que le lanzaban, para arder por dentro ante la posibilidad de que él compartiera su cuerpo con otra que no fuera ella. ¿Cómo aceptar que sus manos y labios acariciasen otro cuerpo que no fuese el suyo? No podía y eso era lo peor, mentirse a sí misma y a él al asegurar que era capaz.

Cuando Leonor salió, ella se dijo que era fuerte, que no lograrían vencerla. Se puso en pie y, con dos piernas de mantequilla, logró sentarse ante el tocador. Cogió un peine y comenzó a cepillar su largo y castaño cabello. El peine descendía y sus ojos se centraban más en un punto concreto del espejo, su mente se alejaba...

Su madre había sido hermosa, tanto, que Noemille disfrutaba ayudándola a peinar sus cabellos. Cuando la mañana comenzaba su madre se sentaba ante un espejo de cuerpo completo y Noemille se colocaba a su espalda, tenía que usar una banquetita para tener la altura suficiente y, en ocasiones, sus pequeñas manos dejaban caer el cepillo, pero eso no hacía menos especial el momento que compartían.

Su madre no era especialmente sensible, no, Bridie se había endurecido con rapidez y, aunque podía sonreír y parecer la más dulce, había cierto fingimiento en todos sus actos. No podía evitarlo, por mucho que la mujer quería sentir mucho más por su hija y lo emulaba perfectamente, en ocasiones ambas notaban un vacío difícil de explicar.

— Con cuidado, me haces daño – susurró Bridie, apretando las manos sobre su regazo y controlando el enfado.

— *Lo siento, madre.*

— *Debes comprender que el cabello de una mujer es demasiado preciado para ella* — *quiso explicarle Bridie. Se giró y atrapó el rostro de su hija entre las manos, para inclinarse y dejar sobre la nariz de la niña un suave beso* —. *Su olor, su color y su tacto hace que los hombres no puedan olvidarte.*

— *¿Acaso no es más importante quiénes somos en realidad?*

— *Debería, aunque nada es tan sencillo.* — *Se volvió al espejo, una señal para que la pequeña continuara su tarea. Noemille aprovechó para aspirar el aroma de su madre, un aroma que le recordaba las pocas veces que la mujer la había envuelto con sus brazos para dormir* —. *Puede que les guste cómo somos, sin embargo, son los pequeños detalles los que recuperan nuestros recuerdos en sus memorias cuando no están en nuestros brazos.*

Su madre había sonreído y cerrado los ojos cuando le masajeó las sienes, Noemille adoraba cuidarla y mimarla pues, solo entonces, Bridie bajaba la guardia y hablaba con libertad, compartiendo sus pensamientos como si Noemille fuese una amiga y no su hija.

>> Cuando rozan mis cabellos tocan las nubes, cuando los huelen regresan a un campo lleno de coloridas flores. Noemille, — *Se giró y le quitó las horquillas, haciendo caer los mechones en cascada por la espalda de su hija* —. *no importa cómo te sientas ni lo que suceda, cuida de ti, mímate. No dejes de hacerlo jamás.* — *Y acunó su mejilla, un instante en el que, el respeto y aprecio, era totalmente sincero por su parte.*

— Puede que me rompa, pero nunca habrá de parecerlo — le dijo a la Noemille del espejo, a la muchacha que, con los labios agrietados, se atrevió a sonreír.

El parecido con su madre era sorprendente pues, incluso

cuando lo creía imposible, ella también había acabado vendiendo su cuerpo para subsistir. Ella, que siempre odió esa parte de la vida de ambas, había caído, sin embargo, ella solo había tocado a un hombre y ese hombre le había robado el corazón.

Estaba terminando cuando la puerta se abrió y el doctor entró. Lo que sucedió después hizo que quisiera correr lejos.

— Túmbese, debo reconocerla – dijo el matasanos.

Era un hombre bajito y delgado. Sus ojos hundidos la seguían muertos, sin el menor interés por su persona. La juzgaba, incluso cuando tratase de aparentar lo contrario, sus pequeños tics lo delataban.

— No es necesario, ya me encuentro mejor – replicó Noemille, abrazándose como si estuviera completamente desnuda.

— Confíe en mí, no tardaré mucho – le aseguró Alban que, a lo largo de sus cuarenta años de profesión, había aprendido a distinguir las reacciones de sus pacientes. Su pelo blanco y abundante que, por mucho que tratase de peinar al cabo de dos minutos parecía que lo hubieran electrocutado, le daba un aspecto siniestro que Noemille no pasó por alto.

— No, yo no… – tartamudeó Noemille, dejando que Leonor la arrastrase y tumbase.

— Dígame cómo se encuentra. ¿Qué le sucede? – le pidió el doctor, sentándose a su vera. Listo para escuchar, pues normalmente las mujeres usaban esa pregunta como una petición de confesión, se quedó estupefacto. No era el caso de Noemille – Debe hablar si quiere que la ayude.

— No importa – Noemille se cerró.

— Señorita, nada de lo que le diga lo compartirá. Los

doctores han de guardar el secreto, no pueden juzgarla – le explicó Leonor.

— Mentira, todos juzgamos, puede que trate de evitarlo, eso no significa que pueda conseguirlo. – Se sentó y miró al anciano que, ante tanta sinceridad, había estirado sus finos labios –. Aunque nunca he tenido secretos, no hacen más que envenenarnos.

— Me parece muy inteligente. – Si con sus lisonjas creía que conseguiría engañarla... – Y por eso le diré algo. Si me permite ayudarla puede que se recupere, en caso contrario el final puede dejar devastados a los que la aprecian.

— Mi mal no puede arreglarlo con hierbas y descanso. Mi mal es que el hombre que amo no me ama, no lo suficiente para estar a mi lado. – Si Maximillian estuviera allí habría tomado su mano, la habría apretado para darle su apoyo. Él besaría sus labios y la calmaría, la abrazaría durante todo un minuto para apaciguar sus penas. Maximillian era la única medicina que necesitaba.

Lo necesitaba.

— ¿Y si me deja a mí los remedios?

Noemille se arqueó y, a toda prisa, trató de llegar a orinal. Sin lograrlo acabó soltando bilis a los pies de la cama, el doctor la dejó terminar antes de posar su arrugada mano en su frente y ayudarla a tumbarse.

— ¿Su mal de amores llegó hasta el final? – Las mejillas de Noemille tomaron un delator tono rojizo.

Noemille recordó las caricias del marqués, sus besos apresurados y ardientes, la forma en la que la poseía como si la vida se le fuera en cada movimiento, como si el sobrevivir dependiese de ello.

>> Necesito que se levante la falda.

— ¡No! – Noemille gritó. Cuando el doctor quiso ayudarla actuó por instinto y le cruzó la cara, con tal fuerza, que el matasanos acabó con los ojos fijos en la ventana y la sorpresa pintada en el rostro.

Si ella se asombró él boqueó incapaz de procesarlo. ¡Nunca en toda su vida le habían alzado la mano! Se tocó la mejilla y recompuso.

>> Lo siento, no era mi intención, pero usted no puede tocarme.

— Doctor, lo lamento, la señorita es tímida y usted ha ido demasiado rápido – quiso excusarla Leonor.

— ¿Demasiado rápido? – ¡Era surrealista! El doctor no salía de su estupor, marcado en el tono rasgado de su voz –. ¡¿Demasiado rápido?! Mi intención no era quedarme con sus enaguas. – ¡Hubiérase visto!

— Lo lamento – Noemille gateó hasta él y, de rodillas sobre el colchón y con lágrimas en las pestañas, continuó –: Solo un hombre me ha tocado, solo a uno le he dado mi cuerpo y que usted quiera… verme… – remató acalorada –. No me siento cómoda.

Vaya que no, el mundo giraba ante sus ojos. Estaba casi tumbada y no fue suficiente.

— Señorita, ¿qué le sucede? – preguntó Leonor.

El doctor la agarró antes de que cayera desmayada. Su vahído le concedió espacio al matasanos para actuar y lo hizo, con eficacia y profesionalidad.

Cuando Noemille olisqueó el aire, a medida que recuperaba la consciencia, buscó a Maximillian tras la mano que sostenía el botecito. La decepción fue palpable.

— ¿Qué me ha sucedido? – consiguió formular Noemille.

— ¿Le había ocurrido antes? – le devolvió la pregunta Alban, arropándola con cuidado.

— ¿Por qué? ¿Qué me sucede?

El doctor no estaba cómodo, intuía que su noticia no sería bien recibida. Le daba pena la muchacha, tan joven y hermosa podría haber conseguido un buen matrimonio en otras circunstancias.

— Está embarazada – lo soltó de golpe, él no acostumbraba a endulzar la realidad. Era mejor que lo aceptase cuanto antes. Las palabras de Alban resonaron en la joven y cansada mente de Noemille.

— ¿Embarazada? ¿Seré madre?

— En cierta manera ya lo es. Está en su interior y crece, se nutre de usted. Es por eso por lo que debe cuidarse y alimentarse, incluso cuando acabe todo en el orinal. Beba mucho y no permita que sus sentimientos la depriman, debe sonreír por el pequeño que crece en sus entrañas. – Alban sabía que esa noticia podía ser horrible, también había visto a mujeres agarrarse a una nueva vida para luchar, para darle un sentido a lo que tanto daño les había hecho.

— Doctor, no diga nada – pidió Noemille de pronto –. No dejaré que me lo quiten y temo que su padre crea que no soy suficiente para cuidarlo. – Aunque también había otra posibilidad, una que no quería ni pensar.

¿Y si la existencia de un bastardo colocaba a Maximillian en una posición tan desaconsejable que la echaba a las calles para morir de hambre?

>> Debe prometérmelo.

— No ha de preocuparse. Espero de corazón que todo les vaya bien, a ambos. – Los deseos del doctor fueron bien acogidos por las mujeres, al tiempo que Leonor llegaba a la cabecera de la cama y recolocaba las almohadas.

— Yo la cuidaré. La vigilaré y obligaré a alimentarse – dijo Leonor con mimo –. No estará sola.

Pero la soledad es relativa, incluso rodeada de personas.

Solo una persona odió la noticia en la casa. Solo una mujer, recién contratada, odió a la que había logrado lo que ella siempre deseó.

Cassandra, la morena de grandes pechos y un corazón oscuro como la noche, se apresuró a salir con una excusa. En su mente solo una idea, debía encontrar a lady Coral cuanto antes e informarla.

Era día de cobro.

CAPÍTULO 21

El estudio se le quedaba pequeño, conversar un acto molesto e innecesario.

Maximillian se sacó el chaleco, que lo oprimía y estrangulaba, impidiéndole respirar. Lo lanzó contra la pared. Después recuperó la copa, que siempre encontraba vacía.

— Debe tomar una decisión – repitió Albin, el barón Camoys. Sus ojos castaños reflejaron, cuando se inclinó sobre la mesa y tomó una carta, la luz del sol y se tornaron dorados –. Lo han encontrado.

— ¿Me pide que decida si debe vivir o morir? – preguntó el marqués sin tapujos, comprendiendo que las consecuencias de sus actos podían volverse, no solo contra él, sino contra una joven que nadie protegería si faltaba. No podía permitir que Noemille pagase por sus errores.

— Temen perderlo, dicen que es sumamente escurridizo y ha hecho grandes amigos en las Américas. Si quiere actuar debe ser ahora. – Albin no compartió su opinión, no quería interferir y que eso se volviera en su contra.

Las ansias de despedazarlo, que tuvo cuando comenzó la búsqueda, se habían diluido al preguntarse qué pensaría su gatita de sus actos.

— Hazlo venir. No mancharé las manos de otros, quiero ver sus ojos. Necesito que me explique por qué trató de hacerle daño a lady Rosalie. — Entonces se sentó y, agotado, largó como un animal herido —. No lo soporto. Deseo correr a sus brazos y no hacerlo me destroza. — La imaginaba extrañándolo, llorando su ausencia, y eso era un dolor físico, tan real como el puñetazo que, dos horas antes, le había dado a la pared —. La necesito, incluso cuando sé que la propia reina rechazaría un enlace parecido.

— Debe usar la cabeza. Pueden ser felices, aunque debe ser consciente de que no podrá darle todo lo que desea. Ella no aspira a mucho, las mujeres como Noemille comprenden que su papel está relegado a las sombras. — A pesar de la suavidad con la que lo dijo habría jurado que Maximillian deseó hundirle la nariz en el cráneo —. Si decide arriesgar su apellido y enfrentarse a todo hágalo, pero con cabeza. He visto a personas destruidas por el qué dirán, por el rechazo que, sin duda, los perseguiría.

— Pero la tendría a ella — sostuvo el marqués, desesperado por aferrarse a algo que le permitiera correr a los brazos de la mujer que amaba.

— El tiempo que tardasen en llevarlo a la horca. Incluso en su posición, si lo acusan de asesinato, el castigo es impredecible. Nadie quiere condenar a un noble, sería un precedente peligroso, mas eso no evitaría el castigo ejemplar.

Cierto. No podía regar su camino con cadáveres, sino el conde de Saxonhurst habría sido el primero en caer.

>> Marqués, creo que la amistad que nos une me da pie a ser sincero.

— Eso siempre.

— Yo haría que lo trajesen, pero que no lo bajasen del barco. En ningún caso puede tocar puerto ni interactuar con quienes le rodean, no podemos permitir que acabe comprándolos y se vuelvan en nuestra contra – soltó Albin –. Sufrirá el aislamiento antes de acabar en sus manos.

— ¿Te encargarías de todo? – preguntó Maximillian sin fuerzas.

— Por supuesto, yo también aprecio a su prima y no perdono lo que permitió que sucediera. – Albin olvidó su rostro sereno y postura despreocupada. Su ceño se frunció y mandíbula se tensaron. Soltando el aire trató de relajarse.

Maximillian recuperó la carta que lady Coral le había hecho llegar. La culpa apenas duró unos minutos.

Querido Maximillian,

La vergüenza por nuestro último encuentro me azota a cada minuto. Desearía borrar lo sucedido de nuestras mentes y poder recomenzar. Nuestra vida conjunta es mucho más importante que nuestros egos y orgullo.

Concédame la posibilidad de crear algo hermoso. Rezo porque su corazón se apiade de una mujer desesperada por el amor de un hogar, un amor real que, en cierta forma, me ha sido negado.

Apiádese de mí, no me condene a la frialdad de su ausencia, de su rechazo. Le aseguro que pondré todo de mi parte por hacer que se olvide de ella.

Con cariño,

Lady Coral.

Se notaba que le había costado escribir el ella, que el odio la embargaba cuando pensaba en Noemille y eso disgustaba al marqués. Apretó el papel con fuerza, incapaz de tirarlo por miedo a olvidarlo.

CAPÍTULO 22

El plácido hogar de lady Coral tembló ante el furioso arranque de la joven. Los cristales bailaron ante su siguiente grito, incluso Cassandra, que fácilmente se habría podido comer a la joven, retrocedió dos pasos.

— ¡¿Embarazada?! ¿Está usted segura? – La aguda voz de lady Coral taladró los oídos de la prostituta que, en la carrera, había logrado que su uniforme se arrugase y manchase de forma inaceptable para un hogar que se respetase.

— Eso ha dicho el matasanos.

— Embarazada...

Caminó hasta el sofá y se sentó, tiesa como un palo. Lady Coral recordó las palabras del marqués, nunca sería madre, nunca la tomaría como mujer. ¿Por qué hacerlo cuando ya tenía a otra que se lo daba todo sin pedir nada a cambio? Ella tenía lo que lady Coral siempre deseó, ella era la culpable.

>> Necesito que desaparezca – comprendió la dama.

— Milady, – Cassandra se inclinó y acercó. Una hiena se reflejaba en su postura, en su rostro de placer. Quería sangre, quería acabar con la diabla que había logrado atrapar a un marqués cuando ella hizo todo lo que siempre le pidieron y, ni un mísero panadero, se ofreció a cuidarla –. conozco a hombres dispuestos a todo.

— No, no es necesario. – Lady Coral se recompuso y, aunque su rostro parecía sereno, en su mente la idea arrasaba con todos sus infantiles sueños. Las noches en vela que había pasado planificando cómo sería se reían de ella, se burlaban con crueldad al comprender que había saltado a otro hogar en el que nunca sería suficiente –. Puede marcharse. Le pagarán en la puerta.

— ¿Y ya está? – bufó Cassandra.

— Hemos terminado. – Eso sí que no se lo esperaba la prostituta –. Puede regresar a las calles que la vieron nacer.

— Creo que me gusta más servir a la puta de su prometido.

— Cuide su lengua – la amenazó lady Coral, que estaba cansada de soportar que, mujerzuelas sin clase ni sangre noble, se atreviesen a increparla como si tuvieran el derecho a respirar su propio aire. Ellas, que, a pesar de sus penurias, tenían mucha más libertad que la que nunca le concederían a ella –. No me obligue a cortársela.

— ¿A quién mandaría? Dudo que a una damita como usted se le permita mancharse las manos.

— En eso tiene razón. – Lady Coral se perdió en las bofetadas que su padre le había dado cada vez que erraba o lo avergonzaba, en los gritos que resonaban en las paredes cuando su madre se largó a su bonita casa de campo, en las veces que tuvo que bajar la cabeza y aguantar para que no se desquitase con su hermana pequeña. Ella había sido el muro de contención de un hombre que entendía amar por regalar un bonito colgante al día siguiente, obviando los moratones que sus golpes habían dejado en un cuerpo demasiado delicado para soportarlo durante mucho más tiempo.

Cierto que lady Coral quería huir, aunque era más bien cuestión de supervivencia. No importaba lo perfecta que tratase de ser, lo mucho que cuidase sus palabras y movimientos. No, ella se aferró al amor que su padre decía sentir incluso cuando su padre no cesaba en su empeño de demostrarle lo contrario. Se había aferrado con uñas y dientes hasta entonces, hasta que su futuro, la posibilidad de mejorar, fue truncado por un matrimonio que los beneficiaba a todos menos a ella.

>> Tocarla sería rebajarme a rozar los excrementos de una sociedad nauseabunda. Mas, ¿sabe algo? Si una dama conoce cómo causar dolor, cómo doblar a alguien y convertirlo en una masa sin control de su destino, soy yo. No me fuerce, coja lo que se ha ganado y olvide que me conoce.

Lady Coral no tenía miedo, había tenido un oponente mucho peor, un oponente al que incluso tras tanto dolor seguía queriendo.

La primera vez fue la peor. La primera noche sin una madre que la protegiera, la primera noche en la que trató de convencerlo de que no bebiera más. El alcohol era el culpable, también un amigo que su padre no podía rechazar. Decirle que no a una botella era mucho más difícil que descargar sobre ella sus puños, que culparla de todos los males del mundo.

El dolor por esa bofetada que nunca olvidaría, después hubo tantas que las confundía, fue desgarrador. Esa primera cachetada estaba grabada a fuego en su alma.

— Padre, ¿por qué? Deje que lo acostemos. Duerma, se sentirá mejor — había suplicado lady Coral con el labio roto.

— No me torquessss — balbuceó August, con los ojos idos —. Debería maatarrrrte. — Y lanzó otro golpe, que lady Coral esquivó por instinto y provocó una ira impredecible en él.

"Debería matarte", la mente de lady Coral no le permitía olvidar. El verdadero deseo de su padre, la odiaba porque cada vez que posaba los ojos en ella recordaba a la mujer que lo había rechazado hasta tal punto que prefería vivir recluida en el campo a soportarlo en su cama. August lo había permitido para mantener las apariencias, aunque en el fondo nunca perdonaría el abandono.

En muchas ocasiones quiso huir también, suplicarle a la mujer que le había dado la vida que la acogiera, sin embargo, no lo hizo al observar la sonrisa de Brigitte pues, aun sin comprender cómo era capaz de negarse la realidad que vivían, había logrado encontrar su lugar y no la dejaría desprotegida ante un monstruo.

No, lady Coral debía casarse y encontrar la forma de ser feliz. Se llevaría con ella a su hermana, ¿quién le negaría una petición tan nimia?

— Lárguese, no me obligue a olvidar que hay límites que no debemos cruzar – siseó lady Coral que, en momentos como ese, aceptaba con asco que, por mucho que le odiase, era la que más se parecía a aquel que debía llamar padre.

>> Debo hacerlo, mas no la dejaré desprotegida – susurró para sí misma. Podrían pensar de ella lo que quisieran, cuestionar sus motivos e insultarla por lo que iba a hacer. Aunque, para lady Coral, se trataba de supervivencia.

CAPÍTULO 23

Nunca había hecho algo parecido, pensó la sombra que, cual fantasma, había allanado el hogar de Noemille y avanzaba metro a metro, pisando con sumo cuidado de no hacer ruido.

Y, ¿ahora qué? ¿Cómo descubriría dónde descansaba la muchacha?

La sombra suspiró y su respiración tembló. Contuvo el aliento un instante temiendo haber sido demasiado ruidosa, para continuar después.

Dos puertas se abrieron antes de que diera con el gran premio. Era tan hermosa como recordaba, perfecta, su belleza la dejó deslumbrada pues, sin ningún complemento, Noemille gritaba pureza, bondad, alegría y amor.

Tan hermosa vio a Noemille como horrenda se sintió lady Coral.

Posó la mano sobre su boca, sobresaltando a la joven. Noemille quiso gritar, protegerse y golpear, pero se detuvo al reconocer el rostro de la prometida de Maximillian sobre ella.

— Calle, guarde silencio. He venido a ayudar — dijo lady

Coral, pero ¿ayudar a quién? No era el momento de dudar, no ahora –. Voy a soltarla, no grite.

Noemille asintió nerviosa.

>> Muy bien. No tengo mucho tiempo, temo que puedan descubrir mi desaparición.

— ¿Qué hace aquí?

Porque usted me quitó un amor que me haría libre, porque con su hijo deja mi vientre vacío. La envidio, la temo y envidio con tanta fuerza que no he dejado de pensar en usted desde que nos encontramos en el parque. Le habría gustado confesar a la joven dama, pero nada de eso salió por los labios de lady Coral.

— Deseo salvarla del escrutinio de ser la madre de un bastardo. Le ofrezco mi ayuda y dinero para escapar al campo, donde su niño tendrá un verdadero hogar. – Le tendió la mano y la ayudó a sentarse –. Aquí sufrirá las palabras de los que conocen a su padre pues, por mucho que trate de esconderlo, acabarán enterándose. ¿Se imagina lo que dirá el marqués de Carisbrooke cuando lo descubra? Puede que le sonría, que le diga que es feliz, lo que no le contará es lo que para el significa.

A medida que lady Coral proseguía Noemille deseaba hacerse pequeña al tener ante sí a la prometida de quien amaba, al ser hermoso y perfecto que nunca podría ser. Su hijo no podía ser un error, una piedra en el camino de nadie.

— No puedo hacer nada – reconoció Noemille, que prefería bajar la cabeza a quedarse sin la posibilidad de que Maximillian acudiera a ella. Puede que, con el tiempo, Max descubriera que ser padre lo hacía feliz y formasen una familia, inusual, aunque familia.

— Yo sí. Deje que la ayude. – Lady Coral se sentó y pensó

en lo sencillo que habría sido que fueran amigas en otras circunstancias. Noemille era agradable, confiada y algo completamente imposible de encontrar entre los suyos, agradecida.

— No lo merezco. No merezco compasión por su parte. — Noemille se acarició el vientre.

Y no la tenía, si la tuviera no le arrebataría el amor del marqués.

>> No deseo irme. Yo... lo necesito, Maximillian es su padre. – Tomó aire –. El marqués de Carisbrooke – se corrigió al ver que le había molestado que hablase con tanta familiaridad de Max – merece mucho más que mi desaparición.

— Yo le contaré los motivos de su decisión, quizás sea más sencillo así.

Al menos le quedaba un trocito de él, un trocito que le recordaría cada día al hombre que la había hecho sentir mujer, al que le había enseñado que no importaba cuan muerta se sintiera, siempre podría revivir su corazón.

Noemille supo que su hijo se llamaría como él y que lo lloraría cada noche, mirando una ventana e imaginándolo a lo lejos, corriendo en su busca.

Lady Coral no se quedó más tiempo, prometió que mandaría un carruaje a buscarlos. Debía estar preparada, aunque nunca lo estaría.

Cuando preparó a su hermano Leonor la descubrió, engañarla fue imposible y negarse a que los acompañase fútil. Noemille que, tras tantas emociones se tambaleaba, dejó caer parte del peso que llevaba sobre los hombros en una sirvienta que se parecía a una amiga, aunque era la primera que tenía.

— No es lo correcto – insistió Leonor, que no veía tan buenas intenciones en el movimiento de lady Coral –. Concédale tiempo. Él vendrá, acudirá a su lado y no la dejará sola. No tome una decisión de la que pueda arrepentirse.

— No lo comprendes. Lo hago también por él, sería egoísta por mi parte. Le doy la oportunidad de continuar, de centrarse en su matrimonio. – Miró a Leonor y se lanzó a sus brazos, necesitando tanto un abrazo que no pudo contenerse –. Si me aferro a él ambos sufriremos toda una vida. Si lo dejo ir, mi hijo crecerá sintiéndose amado, no un error. Si lo dejo ir… – gimió ante el tormento – si lo dejo ir puede que yo también me acostumbre a su ausencia. No podré hacerlo si sigo esperando que vuelva a entrar por esa puerta.

CAPÍTULO 24

En una semana sería tan ansiado enlace, pero no era ese el motivo por el que el marqués rasgaba los papeles que había sobre el escritorio. El silencio, esa era una respuesta que se acercaba, no del todo precisa.

Recuperó el libro y trató de sumergirse en las palabras que danzaban ante sus ojos y lo llevaron a un salón, un salón en el que Noemille se escondía y trataba de descifrar las palabras de un pequeño poemario.

¡Noemille! ¿Acaso no podía dejar de pensar en ella?

Dejó el libro temiendo romperlo también y regresó a la ventana, aunque tampoco importaba lo que hiciera. Su rostro, su voz, su ausencia. Ese peso que lo había llevado a dar su dirección en varias ocasiones cuando montaba en el carruaje, aunque no entraba. Se quedaba al otro lado de la calle escrutando a través de las ventanas, suplicando que se asomase a echar un vistazo, suplicando por poder descubrirla oculta entre las cortinas y que se intercambiasen una sonrisa que le diera las fuerzas que le faltaban.

De nuevo en el escritorio mojó la pluma. Quería encontrar unas palabras que no hubiera soltado, una excusa o una promesa de amor que lograse que ella le respondiera.

— ¿Para qué? – le gritó a la estantería. Nadie devolvería recado, tal y como había pasado la última semana, más parecida a un mes –. Me odia, me odia y no dejará de hacerlo.

Ya no pudo más. ¿Qué tenía de malo ir a visitar a su protegida? Un beso, solo un beso.

No esperó por el cochero, saltó sobre la grupa de un caballo que preparaban para que pudieran entrenarlo. Éste se encabritó y le costó manejarlo, se sintió más vivo que durante días. La muerte, la posibilidad de perecer hizo que su corazón se acelerase, la posibilidad de que Noemille lo recibiera entre sus brazos provocó que olvidase la cautela al galopar hacia ella.

— ¡Noemille! – gritó Maximillian tras abrir la puerta cual huracán – ¡Noemille! ¡Necesito verte!

Estaba desesperado. Le suplicaría por su perdón, para que lo esperase. Encontraría una manera, si ella le pedía que no se casase. Ante su ausencia comprendió que si debían irse lo harían, que si debían pelear contra la sociedad lo harían, que si debía acabar con la vida de los que los amenazaban también. Pero necesitaba su perdón, no podía seguir así.

Un beso, una caricia, una simple mirada. Cualquier cosa.

— No está. Se ha ido – dijo Cassandra, la nueva sirvienta que, disfrutando de la situación, se había cruzado de brazos para llamar su atención. No importaba el uniforme, llevaba la profesión en la sangre o, mejor dicho, entre las piernas –. Ha escapado con su prometida. – Era un detalle que no debía soltar, pero a ella nadie se la jugaba y esperaba un pago mucho mejor por sus servicios.

— ¿Mi prometida? – Ella... El marqués quiso aparecer ante lady Coral y azotarla, gritarle que cómo se había atrevido a arrebatarle lo único que tenía verdadero valor en su vida, pero fue la sonrisa de Cassandra la que lo retuvo –. ¿Disfruta?

— Los suyos no sufren casi nunca, – Sabía que pagaría su atrevimiento, pero el odio que había acumulado a lo largo de su vida pesaba mucho más que la precaución –. aunque siempre puede usar mi cuerpo para consolarse. Si necesita una prostituta que sepa cómo son las calles le aseguro que no notará la diferencia.

— Cállese.

— Ella era más hermosa, yo sé hacer mucho más. Le mostraré placeres inimaginables, tengo mucha práctica con nobles que no pueden aceptar que sus pollas necesitan ser acogidas por mujeres que sepan gritar y revolverse.

— ¡Cállese! ¡¿Qué hace alguien como usted en mi hogar?! – preguntó Maximillian fuera de sí. El mayordomo estaba ahí, por precaución prefirió callar.

— Alguien como Noemille. ¿Acaso no sabe lo que cuentan de ella? Podría ilustrarle. – El interés era algo que una prostituta olía, un aroma especial que venía acompañado del sonido del dinero. Cassandra sonrió y prosiguió –: Ella era la hija de una cualquiera, que se creyó mejor hasta que su madre murió, pero cuando eso sucedió Maya se encargó de enseñarle cuál era su lugar. Durante dos días la apaleó, incluso después de que confesase dónde había escondido el dinero. – Se carcajeó sádica, se pasó la lengua por sus gruesos labios y recorrió al marqués apreciativa –. Ahora bien, su mosquita muerta se vengó. Nadie la vio, eso es cierto, pero Maya no tardó en desaparecer.

— ¿De qué la acusa exactamente? – Maximillian había perdido el color, el aliento. Si se atrevía a responder sería su fin, si se atrevía...

— Usted se ha encamado con una asesina, con la peor calaña que ha podido encontrar – remató Cassandra, que creía haber hablado lo suficiente para convencerlo, que se sentía victoriosa. Se recolocó los pechos con desparpajo –. Marqués, le aseguro que no notará la diferencia.

Maximillian seguía buscando a la luz de su corazón incluso cuando ya sabía que no estaba allí. Sin comprender por qué las personas se cebaban con alguien que era todo cariño y amor, con alguien que, a pesar de lo sufrido, no quería causar mal a nadie. Noemille no se lo merecía, incluso tras haberlo rechazado y dejado atrás.

La traición no importaba, no cuando ella podía estar en peligro si la escoria se atrevía a acusarla. Caminó hasta Cassandra y no tuvo arrestos de tocarla, el asco que la mujerzuela le producía fue demasiado.

— ¡Nicholas! – aulló Maximillian.

— Milord, – El mayordomo habló con miedo, mucho miedo. Notaba el ambiente enrarecido, el peligro danzaba en la sala sin que la prostituta se percatase de nada. Ella creía ser capaz de capear los peores temporales, pero su cuerpo no podría salvarla eternamente –. ¿qué necesita?

— ¡Ahora aparece! ¡¿Dónde está ella?!

— Milord, se fugó en la noche. – susurró Nicholas, cuyos ojos verdes oteaban la puerta con ojos ansiosos. Quería correr a las cocinas y esconderse.

— ¿Por qué no me mandó aviso? – preguntó el marqués sin perder de vista a Cassandra, a la cual aferró por el brazo para impedir que escapase. Clavó los dedos en su carne y ella lanzó un suave gemido, controlado y tan fingido como todo en esa mujer, que iba destinado a la entrepierna de Maximillian y acabó en la boca de su estómago.

— Lo lamento. Creíamos que podríamos localizarla antes,

pensamos que con lo... pensamos que regresaría. – Nicholas se recolocó el cuello de la camisa, que se cerraba por segundos y lo asfixiaba.

— ¿Regresaría? ¿Me lo está contando todo? – Maximillian se inclinó hacia delante, el mayordomo retrocedió, encontrando la pared a su espalda.

Nicholas se planteó seriamente callar, mentir por primera vez desde que, siendo todavía adolescente, había comenzado a trabajar para la familia del marqués. Lo miró y sintió en riesgo su vida.

>> ¿Qué es lo que no me está contando?

— Milord, la señorita está embarazada – silbó el mayordomo con tanta suavidad que Maximillian creyó haberlo escuchado mal.

¿Embarazada? ¿Su hijo? ¿Se había llevado a su hijo? No, ella no le haría algo así. Ella lo amaba, lo había sentido cuando la besaba, cuando le sonreía.

— ¡Y no me han dicho nada! – No, ella no podía estar sola. Seguramente pasaría miedo, no le tenía a él para protegerla, no le tenía a él para coger su mano y decirle que todo saldría bien.

Su hijo... ¿Quería ser padre? Una vida formada en el vientre de Noemille, una vida de ambos que los uniría siempre. La imagen de un bebé suyo en los brazos de Noemille meció su mundo, una sonrisa dulce apareció en sus labios, junto con la determinación de mover cielo y tierra por encontrarla.

>> Vaya y busque al barón Camoys. Dese prisa – solicitó el marqués, lanzando a la mujerzuela sobre el sofá –. Le recomiendo que no se mueva.

— Pero marqués, – Puso un puchero que la hizo parecer

más gorrino que mujer –. no me aparte de usted. Ella lo ha traicionado, yo no lo dejaré solo si me lo permite.

La media hora que tardó Albin en llegar Maximillian meció la misma copa entre sus dedos sin llevarla a sus labios. Recordó lo que sintió cuando se cruzó con los ojos tristes de su gatita por primera vez. Ella no le pedía nada al mundo, no esperaba nada, se había acostumbrado a su desgracia y trabajaba con una sonrisa ficticia en los labios tratando de juntar unas monedas.

Era hermosa, pensó Maximillian, no fue eso lo que hizo que detuviera sus pasos y caminase en su busca hipnotizado. Mujeres hermosas tuvo a muchas, muchas dispuestas a regalarle los placeres más ocultos, no. Lo que consiguió removerlo, ese detalle en el que no había caído hasta entonces, fue esa sonrisa tan sincera que le lanzó a una niña que, de la mano de su madre, lloriqueaba para que le comprasen un sombrero. La pequeña podía parecer repelente para muchos, caprichosa incluso, sin embargo, una mujer que no tenía nada sonreía con amor ante la chiquilla. ¿Por qué?

La curiosidad, la duda, la ternura que despertó en el marqués lo cegó. No se preguntó los motivos que lo llevaron a buscarla, a hacerle tan sucia proposición cuando ella se merecía mucho más. Ahora recordaba las cortas conversaciones, la forma en la que lo hacía sentir único en cada roce. Un beso dado por su gatita era la cura a todos sus males, la condensación del amor más puro y el deseo más oscuro.

"Necesito recuperarla, necesito encontrar la forma", se dijo.

Albin entró y Maximillian lo atravesó desesperado por proseguir su camino. La siguiente parada la deseaba tanto como tener a Noemille ante él.

— Buenos días – dijo Albin.

— ¿Recuerda por qué somos amigos? ¿Recuerda todo lo que me debe? – inquirió el marqués atajando las odiosas frases de cortesía. Por algún motivo Albin deseaba mantener entre ambos el protocolo, creyendo que tomarse más confianzas de las necesarias acabaría estropeando la amistad.

— Nunca podría olvidarlo.

Un instante, un segundo que decidía si la vida de alguien sería larga o corta, si el futuro estaba bajo o sobre la tierra.

Albin fue traicionado cuando apenas tenía 22 años. Era joven y estúpido, pensó con su entrepierna y erró, sin embargo, ¿quién no había caído en las trampas de alguna dama más experimentada?

Ese segundo efímero en el que Albin se supo muerto, cuando se vio con una pistola en la mano, pero sin la sangre fría o habilidad de ganar el duelo al que lo habían retado. Era demasiado joven y la inocencia de la niñez bullía en su espíritu, buscando cualquier otra salida que no fuera acabar con el marido celoso que había buscado algún tipo de compensación por haberlo hallado con la cabeza entre las piernas de su mujer.

Esa tarde Albin temblaba y vomitó tres veces. Cada vez que estiraba los dedos creía ver la sombra de la sangre, propia, manchándolos. ¿Y si lo detenían? ¿Y si acababa en un sucio agujero del que no saldría nunca? Cada pensamiento era peor que el anterior.

Y cuando ya se veía acabado la rueda de su carruaje se partió. Se rompió con tal estropicio que se imaginó a sí mismo ensartado en las ramas de los árboles que lo rodeaban. Acabó tumbado sobre la húmeda hierba, observando las esponjosas y grises nubes, imaginando cómo sería su entierro. ¿Qué dirían los que lo conocían? Poco había conseguido en su vida, siempre que no contase las múltiples damas que habían caído bajo sus encantos o el dinero dilapidado en las mesas de cartas.

— Barón, me han enviado a recogerle. Hay muchos esperándolo y grandes sumas de dinero sobre la mesa – dijo un hombre, alto y fuerte, que acababa de bajar de un purasangre y se aproximaba decidido.

— No puedo hacerlo. No me importa que crean que soy un cobarde, no quiero morir – reconoció Albin, que prefería escapar durante un par de años hasta que las aguas se calmasen. El plan era bueno, tan bueno que trató de ponerse en pie.

— No puedo permitírselo. Cuando dije que había mucho dinero en juego quería decir que mucho de mi dinero está en juego – aclaró el marqués de Carisbrooke, devolviendo a su lugar los rubios mechones que se habían escapado de su sombrero. Lo cogió por las pecheras de su chaqueta y lo alzó con facilidad, Albin asintió derrotado.

— Yo podría pagarle, tengo dinero.

— No arriesgo mi vida por tan poco – susurró Maximillian, que evaluó al joven que, aunque fuerte y joven, quería rehuir el duelo –. Aunque preciso de alguien de confianza que me siga y cumpla mis órdenes, sean cuales sean. Si encontrase a alguien así tendría que evitar que muriera en duelos absurdos.

— ¡Yo! ¡Yo soy ese hombre! Yo, barón Camoys, juró que soy lo que busca. – Incluso levantó su mano derecha, sin saber que lo que había comenzado como un intercambio desesperado se convertiría en una amistad sincera en la que habían enterrado tan bochornoso suceso.

Su vida, eso era lo que le debía desde el instante en el que el marqués se colocó en su lugar y fue el que llevó a cabo el duelo. Su puntería era espectacular y, aunque convirtió en cojo a su oponente, no hubo daños mayores.

Muchos cobraron, otros bebieron para olvidar las pérdidas, y una amistad se formó para resistir todas las adversidades a las que se habían enfrentado.

— Quiero que se encargue de esta... mujer. — No quería insultarla, no cuando Noemille había sentido en sus carnes un trato tan vejatorio. Ella le había enseñado a cambiar el prisma desde el que observaba a los que vagabundeaban por las calles más pobres de Londres —. Llévela a algún lugar en el que pueda sonsacarle, quiero conocer todos sus secretos y delitos. Necesito callarla y, en honor a Noemille, no haré lo que, sin duda, sería lo más sencillo.

— Es usted un monstruo — siseó Cassandra, que miró a Albin con auténtico pavor —. ¿Qué van a hacerme?

— No lo comprende, ¿verdad? Tanto es su odio por mi mujer, — Su mujer, eso era. Noemille era la dueña de su corazón y merecía el lugar a los ojos de todos —. que su lengua se soltó. Debe comprender algo, a pesar de mi facha, si hay algo que he aprendido a distinguir es a los farsantes, maleantes y asesinos. Puede que incluso usted se haya convencido de que sus pecados son de otra, pero debió morderse la lengua. — Mas el consejo de Maximillian llegaba demasiado tarde.

— No sé de qué me habla...

— Lo sabe y Albin me dará la razón, con el tiempo... ¿Sabe? Cuando nuestros caminos se cruzaron él era un joven temeroso y miedoso. — A pesar de que podía sonar como un insulto Albin no le quitó la razón, había llegado a aceptar su pasado, así como orgulloso se sentía de lo que era ahora. Una mezcla de barón, maleante y seductor. La mezcla perfecta para obtener todo lo que le gustaba en la vida —. Ahora estoy seguro de que será capaz de hacerla cantar con rapidez y también encontrará un justo castigo para usted.

— Tenga compasión...

— ¿La misma que usted demostró con Noemille al acusarla de un delito que la llevaría a la horca? – inquirió Max, harto de personas como ella que, cuando estaban al mando, no dudaban en pisar y maltratar y, cuando se encontraban en problemas, se arrastraban con facilidad – Amigo, empiezo a estar cansado de cuanto nos rodea. Ahora comprendo que necesitaba a Noemille.

— Entonces debes recuperarla. – Albin caminó y se detuvo al lado de su 'hermano' –. El cargamento llegará en una semana. Mientras esté en sus manos no se atreverá a acusarlo, será libre para formar su propia familia sin impedimentos.

— ¿Cree que aceptará con tanta facilidad? – preguntó el marqués, pues lo dudaba seriamente.

— No, por mucho que dejar su título sin heredero propio le preocupe, las deudas lo asfixian. Sin embargo, como usted tan bien me ha enseñado, debemos ver en los problemas las oportunidades que nos ofrecen – le recordó con cariño Albin, al que le costaba reconocer en el hombre enamorado al marqués decidido, resolutivo y peligroso que lo había guiado por los suburbios de Londres.

— ¿Sabe? Es mucho más peligrosa una mujer, una mujer dulce y tierna, tan delicada que con una mala palabra podría romperse o incluso destrozarme. Nunca he sentido tanto miedo como cuando me han dicho que Noemille no estaba aquí – confesó Maximillian a su único amigo, dejó las palabras en manos de aquel al que le confiaría su vida.

— Entonces no pierda el tiempo conmigo.

CAPÍTULO 25

Lady Coral despidió a su hermana con un beso. Pasó los dedos por su mejilla con cariño, queriendo atrapar el cálido sentimiento en su corazón y sonriendo con cariño.

— Recuerda que debes regresar antes de las cinco. Hoy vienen varias damas a tomar té y quiero tenerte a mi lado – le recordó, tomando sus dedos y apretándoselos.

— No te preocupes – canturreó lady Samantha con esa alegría contagiosa que lady Coral necesitaba.

Cuando la puerta se cerró agradeció la soledad, sentándose en el sofá y apretando su diario entre los dedos. Releyó la página que estaba abierta cansada, había memorizado las palabras hacía mucho y, sin embargo, seguía necesitándolo.

25 abril,

Hace mucho que madre decidió que no éramos suficiente para seguir soportando a padre, no obstante, eso no consiguió que luchase por llevarnos con ella. No, era más sencillo dejarnos atrás y rezar porque no descargase sobre nosotros su furia.

Esta mañana el mayordomo me hizo llegar una carta suya, yo no podía creérmelo pues, por mucho que me hubiera repetido durante meses que la odiaba, sigo guardando en mi pecho la esperanza de que regrese comprendiendo el gran error de su partida...

Sin embargo, lo que allí encontré me hizo más daño que bien, ahora no puedo pensar en otra cosa, por mucho que siga fingiendo que no me importa, que nada ha sucedido.

¿Cómo es posible que los que dicen conocerme y amarme no noten mi dolor? Estoy frente a ellos conteniendo la avalancha de emociones que me consumen y no me ven, no a mí. En ocasiones querría gritar, insultarlos, estallar y alejarme para siempre.

Yo no soy madre, no les debo nada, ¿por qué no puedo dejar de cuidar de ellos?

Aquí dejo el mensaje de madre para nunca olvidarlo, para no dejar que me engañen, para recordar que no hay lazo irrompible ni amor eterno.

"Querida Coral, niña mía,

Lamento mi silencio durante estos dos años, pero precisaba tiempo para pensar, para ordenar mis sentimientos. Sé que me culpas por mi ausencia y puede que tengas razón, mas le pido a tu corazón que se tome el tiempo para tratar de comprender mis motivos.

Debía huir para sobrevivir, esconderme para lograr curarme, ya no tenía fuerzas ni para cubrir mi rostro, mucho menos para cuidar de vosotros. Tuve que escoger y me escogí a mí, por muy egoísta que suene, por mucho que tema que vosotros paguéis mi ausencia, sé que no terminará con vuestra vida y llegará el momento en el que seáis libres de él.

Perdóname, perdóname porque soy débil y cobarde.

Ahora he logrado encontrar mi lugar. Colaboro cada día

con un pequeño orfanato para expiar mi pecado de olvidaros, allí he conocido a un niño que, en ocasiones, me recuerda a ti y me lo he traído a casa.

Quiero que sepas que cada vez que logro que sonría, que cada caricia o abrazo que le doy, también es vuestro.

Algún día volveremos a estar juntas. Cuando seas libre te buscaré.

Te quiero."

Sin embargo, no era suficiente. No para lady Coral, que había preferido enfrentarse a su situación antes que dejar a su hermana indefensa.

El amor que su madre decía profesarle no era amor, era egoísmo que disfrazaba pues, puede que en ocasiones, la culpa la aguijonease y era la forma más rápida de deshacerse de ella

Entonces, ¿por qué le quemaba? ¿Por qué no lograba olvidarla? No, no lo conseguía por mucho que cada vez que releía la hoja de su antiguo diario la odiase con todo su ser.

Cuando el mayordomo le dijo que tenía visita cerró el cuaderno, mas no se movió. Estaba harta, incluso cuando creía haber ganado.

¿Cuándo había perdido la alegría? ¿Cuándo había dejado de creer que la bondad triunfaba? ¿Era como su madre?

— Buenos días, querida mía. Espero que pueda perdonar mis ansias por verla y tenerla entre mis brazos. — La voz del marqués de Carisbrooke la asustó, pero no lo demostró. No, ella controló su ser como tan bien sabía. La dama que ella representaba mostraba sosiego y, como una buena anfitriona, se levantó y acercó.

Le tendió la mano para ser besada. Sonrió al ver que se

inclinaba, pero cuando el marqués se retiraba tiró de ella y la pegó a su cuerpo.

Cuando la abrazó lo hizo con fuerza, con tanta fuerza que se quejó y notó que sus costillas luchaban por no ceder.

Con voz dulce añadió a su oído:

>> Creo que se ha portado mal.

— ¿Ya lo sabe? — No merecía la pena mentir. Lady Coral debía resistir su castigo y mostrarse firme, ella lo lograría, su padre la había entrenado muy bien.

— ¿No creía que fuera a descubrirlo? – siseó Maximillian.

— No lo dudaba, aunque esperaba tener más tiempo – dijo lady Coral tranquilamente, aunque le faltaba el aire. Alzó el rostro y lo miró a los ojos, había dolor y pena, desesperación, pero no la oscuridad opaca con la que su padre la atravesaba.

No podía tenerle miedo a quien tenía corazón y conciencia.

Lady Coral era buena moviéndose en las reuniones sociales, mucho mejor ante el peligro. Podía oler la adrenalina, su mente se tranquilizó, sus músculos se tensaron. Lady Coral era mucho más que lo que veían, no importaba el vestido o joyas que la decorasen, el verdadero diamante estaba en su interior y era irrompible.

>> No voy a confesar. Puede hacerme cuanto quiera, pero no diré dónde la he ocultado.

— ¿Por qué? ¿Es algún tipo de venganza? Si es así me disculparé.

— No, no es ninguna venganza. Peleo por mi hogar, por mi familia, por lo que podemos crear juntos.

— No crearemos nada – escupió Max soltándola y

empujándola sobre el sofá, sin atreverse a tocarla.

— ¿No? No volverás a verla, no podrás encontrarla y vendrás a mí. Me buscarás para abrazarme y esquivar la soledad. — Y ella lo comprendía mejor que nadie pues también la sentía en cada esquina. El contacto humano era mejor que nada —. Vendrás y, aunque aspiraba a más, me dejaré querer y, con el tiempo, nos engañaremos pensando que nos queremos.

— Nunca.

— Te trataré bien — le aseguró ella —. Lucharé por ti cuando deba hacerlo y te cuidaré. Te daré hijos que harán que merezca la pena.

— Ya tengo un hijo — replicó Maximillian furioso, ante el cinismo que su prometida demostraba. Se aferraba a sus planes sin comprender que ya no eran posibles, incluso si lo había condenado a perder a Noemille jamás dejaría de buscarla.

— Esperaba que nunca lo supieras. No deseaba causarte tanto daño — dijo con pena lady Coral, la tristeza por él, la culpa por ella —. Necesito que lo comprendas. Solo protejo lo mío. — Giró la cabeza incapaz de enfrentarse a él.

— ¿Por qué? ¿Tanto me odias?

— Aceptaste casarte conmigo. Sacarme de aquí.

— Te compré, ¿no lo comprendes? Serás más feliz en cualquier otro lugar antes que conmigo — le explicó como si ante él tuviera a una niña y, en cierta forma, así se sentía.

— No es cierto. — Ella lo enfrentó y Max cerró la mano —. Con usted seré feliz, lo seremos juntos. Lo seremos juntos, se lo aseguro.

— ¿Acaso estás sorda? — La tuteó Maximillian furioso. La tomó por los brazos y la zarandeó con suavidad, pues la notaba demasiado débil. Ella no se defendió, no trató de evitarlo, sonrió con lágrimas no derramadas pidiendo que les dejasen escapar –. ¿No lo comprendes?

— No importa. Aprenderemos a querernos.

— ¿Estás loca? – aulló él, incapaz de seguir mostrándose frío cuando ella no razonaba. Ella debía comprender su situación, lo que había hecho era del todo inadmisible –. ¡No me desposaré contigo!

— Tiene que hacerlo. Debe hacerlo. – Se tiró a sus pies y abrazó las piernas del marqués con desesperación. Él trató de que lo soltase y, aunque lejos estaba su intención de golpearla, cuando alzó la mano para obligarla a dejarlo ir lady Coral se encogió instintivamente.

— Deje de llorar. No me hará cambiar de idea.

— Por favor… No puede dejarme aquí… – Y lloró sin vergüenza. ¿Nadie mostraría compasión por su persona? ¿Nadie le tendería la mano? No, esa era la realidad que se negaba a aceptar, poco importaba lo que hiciera por conseguirlo.

Y sus temblores llevaron a Maximillian a recogerla. La puso en pie y la sostuvo, cuando ella apretó su cuello él la abrazó con fuerza y absorbió un llanto que crecía con intensidad. Creía conocerla y no tenía ni idea, ella escondía mucho, pero por algún motivo justo en ese instante se veía incapaz de retener su lengua.

>> Si lo hace padre me matará. No puedo seguir mintiendo, engañándome. Acabaré muerta y él dirá que fue un accidente – susurró entre hipidos. Max no se lo podía creer. La alzó y se sentó en el sofá, con ella en el regazo.

No había nada sucio en esa postura, para ninguno de los dos. Él acarició su pelo, ella no pudo detenerse y, cuando pensaba que no le quedaban lágrimas, volvía a comenzar. Puede que el marqués pensase que tenía prisa, que necesitaba correr a los brazos de Noemille y, sin embargo, le concedió un tiempo que a todas luces necesitaba lady Coral mucho más.

El minutero avanzaba y lady Coral alzó la cabeza.

>> No le importa. Ella es el amor de su vida y luchará por tenerla con uñas y dientes. Noemille lo ama, ¿lo sabía?

— Sí, fue mucho más valiente que yo.

— Y usted a ella.

— Desde el mismo instante en el que la vi. Quise negarlo, creí que con unos días entre sus piernas tendría suficiente. Sin saber que una sola caricia me condenaría, puede que si lo hubiera dejado estar con el tiempo... o puede que no. Ahora no importa, la amo con toda mi alma – le confesó el marqués de Carisbrooke, sintiéndose cruel pues su prometida era lady Coral, la que esperaba llegar a su lado y prometerle amor ante el cura –. Lo lamento.

Era la primera vez que se disculpaba. Ella no tenía culpa de los errores de su padre, nunca la tuvo.

>> Ahora va a contarme lo que le sucede. Puede que no vaya a casarme con usted, pero eso no me impedirá protegerla. Le prometo salvarla, pero antes habrá de hacerlo usted por mí. Sálveme, dígame donde se esconde la madre de mi hijo y el amor de mi vida.

Lady Coral asintió esperanzada. Una parte de ella no podía creerlo, la otra necesitaba la esperanza que crecía ante la posibilidad de ser libre.

CAPÍTULO 26

Cabalgó todo el día, la noche había comenzado cuando se detuvo. Una casa pequeña, aunque acogedora, se alzó ante él. Se detuvo ante la puerta y trató de abrir, al ver que no lo lograba golpeó con fuerza para hacerse oír.

En la noche su voz resonó como si la oscuridad la hiciera llegar más lejos, tan lejos que Noemille tembló creyendo que los espíritus habían venido a castigarla por impura, por casquivana. E, incluso así, no podía dejar de pensar en él o arrepentirse de haberle dado su cuerpo. Maximillian era lo mejor que podía haberles sucedido, pues la muerte de su hermano ya era algo seguro hasta que él la encontró. Ahora lo amaría siempre, comprendió mirando a través de la ventana la niebla que creaba formas amorfas.

— Señorita – la llamó Leonor, recolocándose su rubio recogido al tiempo que llegaba hasta la puerta corriendo. Se apretaba el vientre en un fútil intento de evitar que su exceso de carnes le molestase en tan rápido avance –. El marqués, el marqués nos ha encontrado.

— No es posible...

Lo que la sirvienta intuyó como miedo, sorpresa y desesperación, era una felicidad tan inmensa que no lograba controlar sus gestos. Quiso correr a buscarlo, pero temía su reacción.

>> Ha venido en mi busca... – continuó con suavidad Noemille – ¿Y si lo sabe? – ¿Había venido solo por el niño? No, él no la apartaría de su hijo, el hombre que la había tomado tan solo unos días antes no era capaz de un acto tan deleznable.

— ¿Qué hacemos? – preguntó Leonor, que aceptaría cualquier decisión por parte de su señora, incluso cuando esa decisión las pusiera en peligro.

— ¿Me seguiría aun sabiendo que el marqués nos perseguiría? – inquirió Noemille, sin comprender la fidelidad que le demostraba. Corrió y besó la mejilla de la sirvienta, no se detuvo mucho. Recogiendo sus faldas llegó a la puerta y descendió las escaleras. Llegó hasta la entrada y se apoyó en ella, sin hacer amago alguno de descorrer el cerrojo.

>> ¿Maximillian? – preguntó Noemille a través de la madera, apoyando también las manos e imaginando que el hombre que movía su mundo hacía lo mismo. Ambos ahí, tan juntos y separados. La puerta le permitía protegerse de su influjo, ordenar sus pensamientos y soltarlos con calma. ¿No?

— Gatita mía, ¿por qué te has ido tan lejos? Me duele el culo de perseguirte – soltó con desparpajo aquel que lograba hacerla sonreír cuando lo creía imposible.

— ¿El culo? – preguntó ella, desviándose por completo del tema que quería tratar. Rio suavemente al imaginar el hermoso culo que deseaba apretar con los dedos, la imagen fue demasiado para su cansada mente.

— Déjame entrar y podrás hacerme las curas.

— No puedo.

— ¿Qué sucede? – Maximillian acarició el lugar tras el que

creía que se hallaba el rostro de su mujer, pasó los dedos con auténtica devoción, perdido como nunca antes –. ¿Qué te sucede? ¿De qué tienes miedo?

— De ti – gimió ella, queriendo apartar lo que los separaba, incapaz de hacerlo.

— ¿Qué podrías temer de mí? Nunca te haría daño.

— Mientes como yo lo hago al soñar que podemos estar juntos. Mientes al aparecer y hacerme creer que es por mí, ¿verdad? Ahora, en medio de la noche, tan lejos de la ciudad, es sumamente sencillo creer que es posible. Me recogerás y estaremos juntos, olvidarás que soy basura, que soy la hija de una prostituta y... – Se le cerró la garganta. No podía continuar, no con él.

— ¿Qué es lo que temes?

— Que cuando lo sepas todo me odies. – Dejó ir, cerrando los ojos con fuerza –. Que no seas capaz de comprender que me vi obligada a hacerlo. Que...

— Nada de lo que tuvieras que hacer me importa, gatita. Estoy aquí porque te amo y comprendo que a veces los peores actos acaban manchando almas inocentes – trató de consolarla, deseando poder abrazarla, darle el consuelo físico que ella necesitaba. Quería saberlo todo, compartirlo todo. Lo bueno y lo malo, los demonios...

Maximillian también tenía muchos de esos, actos horrendos que le ayudaron a sobrevivir. El peligro nos lleva a realizar acciones que no creíamos posibles, coloca un espejo demasiado cruel ante los rostros de quienes se creían únicos e inquebrantables.

El espejo los reflejaba sin mentiras, sin hermosas palabras que adornasen la realidad que habían escogido o a la que se han visto abocados. Ese espejo mostraba un ser oscuro y podrido cuando Maximillian se colocaba ante él, pero si Noemille estuviera a su lado la luz de ella sería suficiente para un hombre que precisaba un motivo para continuar.

>> Suéltalo. Yo no me iré, prometo que cuando termines estaré aquí, esperando a que abras la puerta.

— Me gustaría creerlo.

— Hazlo – le ordenó con fuerza, queriendo guiar sus decisiones antes de que ella se cerrase y apartase. Noemille tenía razón, la noche los ocultaba y regalaba el escenario perfecto para protagonizar aventuras, para llevar a cabo lo que nunca harían –. Solo para mí.

— Robé y mentí, engañé cuando fue preciso – comenzó por lo sencillo, por lo que salía por sus labios sin causarle daño a su corazón –. Sin embargo, no es eso lo que me atormenta. Lo que convierte mis sueños en horrendas pesadillas. En todas ellas yo soy un monstruo, por mucho que tratase de convencerme que lo sucedido no fue más que un delirio.

— Cuéntamelo, deja de rehuir lo que tanto ansía salir.

— Aquella noche, cuando Marcus acababa de cumplir un año, yo quise darle algo especial, no un montón de comida medio podrida. Él no se quejaba, a pesar de ser tan pequeño parecía comprender nuestra situación y siempre sonreía complacido ante lo que dejaba en sus manos, pero yo quería darle algo que de verdad fuera especial. – Se habría conformado con poco, con tan poco, ahora habría escogido abrazarlo y alejar los malos sueños. Se habría conformado y tratado de suplir las carencias con el amor de su corazón.

Es fácil tomar decisiones cuando todo ha pasado, lo difícil intuir que, en una noche tranquila de verano, cuando las aguas del mar estaban en calma y la luna se reflejaba completamente llena, se toparía con el cuerpo moribundo de quien más odiaba.

>> ¿Sabes lo que es odiar con tanta intensidad que no te reconoces ante las ideas que te sobrecogen? Yo imaginé mil formas de acabar con su vida, mil ideas para hacerle pagar todos los males que, con su avaricia, había causado. Sin embargo, nunca creí que el destino la colocaría ante mí. – Cerró los ojos y el rostro pálido de Maya volvía a estar ante ella. Se dejó caer, resbalando por la puerta, con la mano todavía aferrada al pomo.

— Prosigue, no te detengas ahora.

— La habían apuñalado varias veces y un gran charco de sangre se alejaba de su cuerpo. – Tan grande que no parecía real. Era inmenso –. Ella me reconoció, ¿puedes creerlo? Dijo mi nombre, me buscó con los ojos y estiró los dedos en mi dirección. Me pidió que me acercase y yo lo hice. Quise creer que, sabiendo que la muerte se acercaba, su corazón se había ablandado, pues nunca comprendí por qué me profesaba tal odio.

Gimió y las ácidas lágrimas descendieron. La bondad, una cualidad que daba por hecho y no siempre existía en el corazón de las personas, se tornó un fatídico final.

>> Me incliné sobre su cuerpo, pensé en tapar las heridas y tratar de curarla, mas ¿qué podía saber yo? Para cuando lograse encontrar un doctor, que estuviera dispuesto a trabajar sin cobrar, – Algo que ambos sabían que era imposible –. ella ya habría muerto. No, yo me dije que me quedaría a su lado y cogería su mano. Le devolvería el pago por sus latigazos con compasión para que se avergonzase por sus acciones. Egoístamente trataba de obtener algo de mis actos, incluso cuando ella estaba ante la muerte.

Y, por mucho que alguien pudiera pensar que podría

observar impasible cómo la vida se escapaba de un cuerpo, era imposible. La muerte sucedía tan despacio que aterraba, el brillo de los ojos se disolvía y, por un instante, cuando observabas las pupilas del moribundo te percatabas de que podía ver ambos mundos. Estaba en un lugar en el que las normas se rasgaban y los secretos se desvelaban, ¿para qué seguir callando?

>> Ella no conseguía hablar, sus palabras salían a trompicones, su voz era diferente a la de entonces. Yo le cogí la mano y ella, ella me confesó que... – Apretó los labios, los apretó con fuerza.

La luna roció su cuerpo y permitió que Noemille descubriera cada pequeño detalle. Sus ojos grises se centraron en el hilo rojizo que descendía por la comisura de su boca.

El pecho de Maya subía y bajaba tan despacio que, en ocasiones, creía que no lograría terminar las palabras, que se quedaría justo en la mitad, dejándola con la curiosidad de por vida.

Ojalá hubiera sucedido eso.

— Tranquila, descanse – le había susurrado Noemille con dulzura.

— Tu madre... – tosió y tomó aire. El silbido le puso los pelos de punta a la joven que quería mostrarse fuerte –. Ella se negó a aceptar más...clientes. Nunca debió hacerlo. – Sonrió y dejó ver los dientes negros que la hacían parecer mucho más enfermiza –. Yo... no podía permitirlo.

— ¿Qué le hizo? – Ya intuía cuál era la respuesta. La gran incógnita de su vida estaba próxima a resolverse y, con la mano izquierda, aferró la pechera de su vestido –. ¿Qué le hizo? – Y, sin querer, cuando imaginaba sus siguientes palabras, sus ojos también volaron al mar que se encontraba a solo un par de

metros –. ¡Hable!

— ¿Qu... quieres saberlo? Yo fui la que le cortó el cuello – aseguró con voz mucho más firme, como recuperándose durante unos minutos –. Disfruté, fue lo mejor que hice nunca. Mi me...mejor recuerdo – escupió como la serpiente que era. Ella había corrompido las almas de jóvenes que aspiraban a más que a abrirse de piernas. Las sedujo con el dinero fácil, sin contarles que el fácil nunca lo sería. Pero, ¿matar? ¿Tan lejos había llegado?

— ¿Por qué? Solo la teníamos a ella.

— Quiso dejarlo. Decía que la necesitabais, que era el momento de que fuera... – Se estiró y pareció morir, otra broma cruel más –. una buena madre. ¡Ella!

— Lo hizo por nosotros... – lloró Noemille feliz y desolada. ¿Cuántas veces la había culpado por su estilo de vida? Ella, que sabía lo que no era tener nada, había juzgado el sacrificio que tuvo que hacer Bridie para darles de comer, para cuidar de ellos. ¿Acaso creía que era sencillo vender su cuerpo sin más?

Noemille tardó en comprender que levantarse las faldas era mucho más que eso. Alejarse de la piel, del cuerpo, es imposible. No importa cuán lejos se mire ni lo que se piense, se sienten las caricias o empellones y, si el hombre que lo hace no se ama... Noemille tembló odiando como nunca.

— No lo pensé – aseguró Noemille, excusándose de nuevo. Estaba en ese punto en el que podía escoger. Callar o dejarlo ir todo, absolutamente todo. ¿Podía hacerlo? ¿Podía confiar en él hasta ese punto? ¿Era su corazón un fiel consejero o la cegaba?

No importaba.

>> Prométeme que cuidarás de Marcus y de mi hijo si, si

decidieras entregarme.

— Nunca lo haría.

— Eso es algo que ahora sé que es mentira. Todos somos capaces de cometer actos atroces. – Tomó aire y se imaginó que los brazos de Maximillian la envolvían. Su aroma, sus labios dejando suaves besos en su nuca... Sonrió agotada –. Lo sé desde que lancé el cuerpo, todavía agonizante, de esa asesina al mar. Puede que estuviera destinada a morir, aunque yo adelanté su final.

— ¿Ese es tu gran pecado? Gatita, déjame tocarte, déjame protegerte, déjame cuidar de ti – le suplicó queriendo destrozar la puerta y temiendo asustarla. Ella, que había corrido lejos, necesitaba saber que podía confiar en él. No debía hacer nada que volviera a hacerla creer que necesitaba esconderse. No, era ella la que tenía que dejarlo entrar, abrirle los brazos y aceptar al monstruo que el marqués escondía –. Noemille, no me tortures más.

— ¿Cómo podrías amarme con lo que he hecho?

— Porque amo lo bueno y lo malo, porque estoy dispuesto a todo por tenerte a mi lado ante el mundo.

— Nunca podríamos conseguirlo – negó con rotundidad Noemille.

— Gatita, tengo un plan y te necesito para llevarlo a cabo. Sin embargo, ábreme para que pueda suplicarte que te cases conmigo. No quiero que nuestro hijo sea un bastardo, el tiempo corre en nuestra contra.

— ¿Nuestro hijo? – inquirió Noemille asomando la cabeza.

— O hija, aunque espero que sea tan hermosa como tú.

— ¿Cómo yo? – ¿Acaso no podía hacer otra cosa que

repetir lo que él decía? Aunque era demasiado difícil creer que un marqués escogiera a una vagabunda antes que a una señoritinga de pedigrí. ¿Era posible? – ¿Estás seguro?

— Nunca lo he tenido más claro – soltó Maximillian, avanzando como un depredador. Acercó la cabeza a la abertura, tan cerca de la boca de su gatita que no pudo evitar rozar sus labios unos segundos. Ella aspiró y él sonrió empujándola suavemente –. He tenido que recorrer una gran distancia y he aprovechado el camino para pensar en ello. Te he perseguido y atrapado, gatita, ahora quiero devorarte.

— ¿Maximillian?

— He imaginado lo que diría, ¿sabes lo que sucedía siempre al final?

Noemille negó con la cabeza al tiempo que retrocedía con una inmensa sonrisa en los labios.

>> Te besaba y desnudaba. Tú temblabas entre mis labios y te entregabas a la pasión. No podemos evitarlo. Tú me llamas y yo acudo, presto, a cumplir todos tus deseos – continuó con voz ronca.

— ¿Qué más sucedía?

— No salíamos de la cama durante días. – Pasó la mano por el hombro desnudo de Noemille y jugueteó con su escote –. Y... el resto habrás de descubrirlo tú. ¿Me aceptas?

Él abrió los brazos y ella corrió a ellos. Se fundieron en un solo ser sin necesidad de más, dejando que los minutos calmasen el dolor por el tiempo separados, por cada uno de los días en los que creían que era una despedida y no un hasta luego.

Estaban juntos, ¡juntos!

>> ¿Dónde está la habitación?

— Arriba, la primera puerta – respondió Noemille, escondiendo, con vergüenza, su sonrisa en el hombro de su amado.

— Creo que empezaré pidiéndote perdón – aseguró él, cercándola contra la pared y colocando las manos a ambos lados de su cabeza –. A lo largo de nuestra vida junta habré de pedirte perdón en tantas ocasiones que perderé la cuenta.

— ¿Y por qué te disculpas ahora? – ronroneó ella, acariciando su pecho – ¿Qué vas a hacerme? – lo tentó empezando a utilizar un poder que había descubierto hace poco y parecía haber estado siempre en sus manos. Se estiró y pegó a él, los ojos de Maximillian descendieron al nacimiento de su pecho, se relamió con deleite.

— Quiero romperte la ropa, rasgarla con mis dedos y lanzarla lejos. Deseo quemar cada uno de tus vestidos para impedir que puedas cubrir ese cuerpo, para ser testigo del calor que incendia tus mejillas cuando te poseo con los ojos.

— ¿Es eso posible?

— Tranquila, pienso demostrártelo. – Recogió la mano de su mujer, de la diosa que había logrado arrancarlo de la apatía y la desesperación, la misma que, contra toda lógica, le hizo escoger el peligro, el riesgo a ser denunciado antes que perderla. Ahora debían luchar juntos, pues necesitaba pensar que juntos eran más fuertes –. Te ataré a mí de tantas formas que solo con que roce tu mano, incluso aunque no hallemos ante docenas de personas, temblarás de placer. Jadearás cuando te mire porque sabrás que estoy pensando en ti, en tenerte bajo mi cuerpo, con tus piernas abiertas para que pueda...

— Deja de decir eso... – Sus desvergonzadas promesas eran

demasiado para sus todavía inocentes oídos. Ella ya ardía y aún no la había tocado, quería saltar sobre él, no lo hizo, le faltaba la confianza en sí misma, en ambos.

— ¿No te gusta?

— No es eso...

— ¿Entonces? Necesito que comprendas lo que me sucede cuando te acercas. Por mucho que trato de evitarlo, soy capaz de los actos más estúpidos por ganarme una sonrisa. ¿Me la regalas? – Deslizó el dedo por su labio inferior, lo deslizó hacia abajo y se internó en su dulzura sediento –. Te he extrañado.

— Y yo.

— ¿Podemos hacerlo? – preguntó preocupado rozando el, todavía plano, vientre de su mujer –. ¿No le haremos daño?

— No lo sé. No le he preguntado al doctor si... no creí que fueses a regresar – se disculpó ella.

— No me digas eso... – lloriqueó necesitado, apoyando su frente en la de ella en un intento de recuperar el aliento que la proximidad de su gatita le causaba – ¿Cómo haré para soportarlo? Me duele.

— ¿Te encuentras mal?

— Dios... – Volvió a coger la mano femenina y, con confianza, la llevó a su entrepierna donde, ejerciendo más presión, le permitió palpar su 'dolor' –. Duele mucho.

— ¿Puedo ayudarte?

— No sigas. No hables, no me hagas pensar o peor, imaginar lo que podrías hacer. – Sonrió y mordisqueó su oreja como castigo –. Debemos ser buenos y nunca se me ha dado bien. Deberás enseñarme...

CAPÍTULO 27

La luz del día tenía la capacidad de golpear los miedos, logrando que los amantes que horas antes se realizaban promesas ahora se encerrasen en sus mentes, que burbujeaban decenas de ideas preocupantes o planes de futuro que temían no fueran posibles.

"Estoy arriesgando sus vidas", pensó Maximillian sabiéndose el ser más egoísta del mundo. Pues, incluso cuando existía la posibilidad de que sus enemigos tratasen de llegar a él a través de los que amaba, prefería pelear y tratar de que todos fueran felices.

Cuando Noemille se levantó no se detuvo en peinarse y se vistió con prisa. Descendió los escalones con rapidez y lo buscó con ansiedad, hasta que lo halló en el salón tomando su desayuno. Posó la mano en el pecho para normalizar su respiración, Maximillian separó la silla de la mesa.

— Ven conmigo — le ofrecía su regazo, Noemille escrutó a su alrededor planteándoselo, aunque sus labios debían ser responsables.

— Podrían vernos. No debemos, Marcus estará a punto de despertarse.

— Pero quieres hacerlo — le recordó él, entrando con maestría en la mente femenina y jugando con ella —. Venga, ¿qué importan las normas cuando nos disponemos a romperlas todas?

— Debemos actuar con cierta prudencia. — Noemille aceptó su mano y, con una sonrisa traviesa, plantó su trasero sobre la dura entrepierna de su marqués.

— Debemos partir de vuelta a la ciudad, ¿te encuentras bien?

— Mucho mejor, — Se tapó los labios para contener las arcadas, respiró despacio —. podré soportarlo.

— No debes ser fuerte, me tienes aquí para sostenerte. — Mordió su hombro y sonrió feliz, una emoción calmada y tranquila que confería luz a cada gesto, plan o necesidad. No había que correr porque lo que necesitaba encontrar estaba entre sus brazos, no debía pensar en nada porque las preocupaciones se evaporaban si podía compartirlas con ella.

No obstante, el marqués era consciente de que mucho de su pasado debía desaparecer. No dejaría que la conciencia de Noemille llevase más peso del que podría soportar.

>> Regresarás a nuestro hogar mientras soluciono un par de negocios.

Noemille aceptó pues, aunque le encantaría pedir que fuese de otra manera y, aunque él no hacía más que repetirle que eran iguales, ella seguía sintiéndose en deuda por ser aceptada o querida, creía que debía compensar cada pequeño gesto y no causar problemas.

>> Pase lo que pase has de confiar en mí. No dudes, no lo hagas. Te lo suplico.

— ¿Qué sucede?

— Noemille, todos tenemos un ser oscuro en nuestro interior. Yo he convivido con él desde que era un niño y ahora lo usaré para conseguirnos un futuro. Debes confiar porque veras y oirás cosas que te harán daño, yo mismo puede que te lo haga.

— ¿Por qué?

— Porque, por mucho que trate de evitarlo, acabará sucediendo. No puedes borrar lo que era en dos días, ni corregir mis errores. – Al ver la preocupación de Noemille añadió –: Yo lo haré. Creo haber encontrado una manera.

— Estamos destinados a separarnos, ¿verdad? No hacemos más que engañarnos, aferrarnos a lo que sentimos para negar lo que está ante nuestros ojos.

— Yo solo te veo a ti.

— Temo que eso sea lo que nos condene. Por favor, pase lo que pase, no los dejes solos. Cuida de ellos. – Buscaba su consuelo, la tranquilidad de que, aunque ella faltase, ellos no sufrirían por ello.

CAPÍTULO 28

Cinco días y ya no estaba con él. Había regresado a la misma casa en la que la habían amado por primera vez, al lugar de su primer beso y de las primeras lágrimas por amor. Ahora, con las palmas de las manos apoyadas en la ventana, veía el transcurrir de la tormenta con una sonrisa soñadora y miedo a que todo fuera una ilusión.

— Señora, han venido a visitarla — le informó Leonor con miedo a molestarla. La sirvienta sabía que, por mucho que la joven trataba de mostrarse fuerte, el embarazo la llevaba al límite. Su pérdida de peso, sus labios agrietados y las negras ojeras que decoraban sus ojos, eran la prueba. Estaba cansada, quería ser fuerte por todos y en el proceso se aislaba.

— Bajaré en un momento — susurró Noemille.

— Señora, ¿me permite conversar con libertad? – preguntó Leonor aproximándose, tomándola del brazo y ayudándola a llegar hasta la silla.

— Nunca te he arrebatado esa libertad.

— Pero ahora es marquesa y esa libertad desaparece para cuantos la rodean. Debe aprender a distinguir entre lo real y lo ficticio. Debe comprender que no todo lo que hagan será de buena fe – le recodó la criada con una sonrisa que realzo sus mejillas redondas, que la hacían parecer mucho más dulce. El gris de los iris de Noemille casaba con las nubes que se deslizaban fuera y dejaban en ella una sensación de preocupación que no lograba disipar.

— Nunca tendrá ese problema conmigo. – Compartió su cariño con un suave toque sobre la regordeta mano de la criada.

— Señora, solo le pido que descanse. Que nos permita ayudarla, llegar a usted. Se que se niega a creer que esto sea real, no hace más que esperar que los echen a la calle, no puede aceptar que algo bueno le suceda y quiere estar lista para cuando llegue ese momento.

Leonor le tendió un vaso cuando Noemille estiró la mano en dirección a la mesilla. Tenía mucha sed, tampoco se atrevía a tomar mucha cantidad por miedo a devolverla.

>> El marqués está acostumbrado a lidiar con los suyos, usted estará desnuda ante un grupo de nobles que no la querrán. Ellos no pueden aceptar que alguien como yo pueda sentarse a su mesa.

— No sé cuál es la respuesta que busca. ¿Quiere que me disculpe?

— Nada más lejos de mi intención. Señora, – La ayudó a incorporarse y le tendió un suave chal para que se cubriera los hombros al ver que temblaba. Su piel, casi translúcida, no hacía más que resaltar la oscuridad de su mirada –. puede que usted no entienda por qué ha tenido esa suerte, por qué precisamente usted está aquí mientras otras muchachas mueren o deben hacer la calle. Nosotros, los que la conocemos, lo comprendemos.

— ¿Por qué? Esa es la gran pregunta que no he dejado de

hacerme. Trato de atrapar mis miedos diciéndome que son irracionales, no lo consigo. ¿Y si decide cambiar de idea? Era mucho más sencillo cuando nunca fue real.

— Pero lo es.

— ¿Durante cuánto tiempo? ¿Qué sucederá cuando, con el paso de los años, descubra que no soy como ellos? Un error, una mala palabra, un acto que lo avergüence y estaré acabada – le describió enderezando los hombros pues, incluso sabiendo que posiblemente sucedería, disfrutaría de cada minuto que tuviera a su lado.

Se recompuso agotada, cansada.

>> No debo dejar esperando al invitado.

— Es la antigua prometida del marqués de Carisbrooke – dejó caer Leonor con suavidad.

— Comprendo.

— No podrá soportarlo todo. Ya no debe cuidar de todos, no es necesario – le aseguró la criada, viéndose incapaz de convencerla.

— Siempre lo he hecho así – soltó, con más arrogancia de la que pretendía, mientras se dirigía hacia la puerta sin esperar a Leonor.

Descendió las escaleras con una sonrisa de bienvenida cuando no la deseaba allí. Miró a lady Coral repitiéndose que debería sentir pena por ella, ¿no? No le costaría sobreponerse, sin embargo, acabará encontrando a otro noble que le dará lo que desee. Sin embargo, ¿y si lo amaba?

La idea de que otra mujer lo quisiera la hizo temblar y clavar las uñas en el pasamanos.

— Bienvenida, me alegro de volver a verla. — Noemille señaló el pasillo que llevaba hasta la salita del té —. Discúlpeme por haberla hecho esperar, sin embargo, me gustaría preguntarle qué hace aquí.

— Yo no...

— No me ha entendido. Estoy agotada y no soy como los suyos, no encuentro motivos para retrasar los verdaderos motivos que la han llevado ante la mujer que más debe odiar en el mundo — atajó sentándose en el sofá y recogiendo un cojín, que dejó sobre su regazo y abrazó ante la necesidad de tocar algo, de no tener las manos vacías.

Lo que no esperaba...

— Se lo pedí yo.

Su voz, ¿cuándo había llegado y por qué no se lo había dicho? Nichollas se acercó y se dejó ver, su rostro completamente serio, su sonrisa sarcástica y esa pose intimidante que gritaba que el mundo le pertenecía. Era él el que ocupaba todo el espacio, el único capaz de hacerla dudar sobre sus motivos, el que la dejaba sola al no regalarle una caricia o un beso.

>> Lady Coral se quedará contigo. — ¿Era una orden? Era eso lo que les esperaba juntos. Lo aceptaba, quería hacerlo.

Maximillian siempre daría las órdenes y ella lo seguiría. Suspiró sin oponerse, aunque no estaba dispuesta a quedarse allí, no. Se levantó, no pudo dar ni un paso.

>> Tú la protegerás — le dijo él mirando a su gatita.

¿Ella? ¿Acaso había perdido la cordura?

Incapaz de seguir escuchando, Noemille trató de correr lejos. Esas palabras cambiaban toda su percepción de lo que tendrían juntos. ¿Quería tenerla allí siempre? ¿Acaso las quería a ambas y la escogía como esposa porque estaba embarazada? Nada tenía sentido y tampoco quería dárselo.

Noemille estaba agotada, demasiadas emociones y ya no podía más.

Lady Coral los observaba sabiéndose una intrusa en un momento íntimo, al observarlos mirarse, hablarse, sabía que nunca habrían conseguido nada parecido. Ella también lo deseaba, ese amor incondicional, esa pleitesía y deseo contenido que, incluso tratando ocultarlo, era innegable.

EL marqués la atrapó con cuidado, evitando incluso rozarla más de lo necesario. Quiso atrapar a un pajarillo que, mostrándose demasiado brusco, podría herir. La sostuvo e impidió avanzar hasta que ella golpeó su pecho. Le atizó con saña, queriendo descargar esa amalgama de emociones intensas que no lograba controlar. Al borde del llanto o de la risa, agotada y angustiada, el rechazo que sintió en el padre de su hijo no era aceptable.

>> Tranquila… – susurró Nichollas sin moverse.

— Déjame, ¿a qué loco se le ocurriría juntarnos a ambas bajo el mismo techo? ¿Por qué querría tener cerca a…? ¡A ella! – aulló para añadir, necesitando chancearse, incluso de sí misma – Parece el comienzo de una broma cruel e injusta. Tres estúpidos en una casa.

— Noemille…

— No, no me calles. No lo hagas cuando me la has traído, ¿protegerla? ¿De quién? ¿Acaso todavía no te has hartado de sus besos? ¿Pretendes seguir robándole caricias mientras yo lo acepto?

— Jamás haría eso – dijo Maximillian con el corazón en la mano, necesitando que viera la verdad en sus ojos

— ¿Entonces?

— No debo ser yo el que te lo cuente. Os dejaré solas. — Noemille negó con rapidez, él inmovilizó su mentón. — Gatita, solo te pido que le des la oportunidad de explicarse. Si, tras escucharla, prefieres que la dejemos a su suerte eso haremos.

— ¿Qué le sucede? – ¿Qué podía ser tan malo para que Maximillian la expusiera a esa situación?

Maximillian la soltó y, cuando se alejaba, sus dedos se rozaron. Ella creyó que fue casualidad, hasta que lo recordó. "Te ataré a mí de tantas formas que solo con que roce tu mano..." Los ojos de él le dieron la razón.

Noemille asintió.

Nunca creyó que fuera posible que ambas tuvieran algo en común, tampoco que acabaría comprendiéndola.

CAPÍTULO 29

Dos días después Noemille llevaba un vestido burdeos hermoso que realzaba sus formas, aunque había desechado el corsé por lo obvio. Se movió ante el espejo sin reconocerse, sonriendo coqueta ante la idea de que Maximillian la viera con esa guisa.

— Está hermosa – dijo lady Coral recolocándole el cuello del vestido y colocándole un broche de diamantes, que brillaban con intensidad ante las luces de las velas que habían colocado por toda la habitación –. Debe tranquilizarse.

— Nunca he hecho algo parecido – susurró Noemille, entre emocionada y aterrorizada. Se había enfrentado a situaciones complicadas, aunque por lo que iba a hacer podrían apresarla.

— Comprendo que quiera echarse atrás – declaró la dama retrocediendo. Llevaba dos días mucho más tranquila que en años. Su hermana no había hecho preguntas cuando le pidió que la acompañase, le hizo creer que necesitaba cuidar a una amiga que estaba delicada y que era su deber como buena cristiana.

Lady Samantha no había hecho preguntas y eso era lo malo, lo que la hacía intuir que nunca había estado tan ciega como necesitaba pensar. Esa alegría extrema podía esconder tanto dolor como el que ella guardaba en sus rictus serios.

>> No debe avergonzarse. Quizás lo mejor es que fuera yo. Es mi padre, ¿no? – Quiso mostrar alegría, ¿quién temería al hombre que le había dado la vida? ¿Quién temería al que le dio todo menos su amor, cariño y atención? Con el paso de los años, sin embargo, lo que más temía era esa atención, era como morir incluso antes de que la tocase.

— No importa – la tranquilizó Noemille, que había aprendido en esos dos días a comprenderla. Ambas preferían mantener su espacio, alejarse y protegerse y, sin forzarlo o darse cuenta, la paz llevó a un par de palabras y después confesiones veladas que hacían cada vez más sencillo estar juntas –. Ahora estoy nerviosa, pero cuando salga por la puerta seré capaz de hacerlo. Lo sé, siempre sucede así.

— Comprendo que te ame. Eres tan fuerte, tanto, que parece que no necesitas a nadie, sino que lo has escogido. – Estaba hablando con la amante de un marqués, una mujer sin valor a los ojos de cualquiera, que no la juzgaba. No la juzgaba y eso era tan importante para lady Coral que no sabía quién era sin su careta. ¿Quién quedaba sin fingir que era una dama perfecta?

— ¿Ha considerado que usted también puede encontrar a alguien que la aprecie? – Al ver la renuencia de lady Coral a sumergirse en esa cuestión Noemille decidió cambiar de tema –. Páseme la capa.

— ¿La negra?

— Es la más gruesa y estoy algo destemplada – comentó Noemille.

— Hasta que Maximillian la recoja – la chinchó lady Coral, ambas rieron nerviosas, compartiendo una broma sin malicia que hizo descender la tensión del ambiente –. Debe recordar que mi padre estará borracho y no notará la diferencia. – Le costó aceptarlo –. No obstante, eso es lo que la pone en peligro. Si se quedan a solas puede volverse impredecible.

— ¿En una fiesta?

— Me gustaría decir que no. Que nunca ha sucedido. Mentiría. – Se sentó y continuó porque había aprendido que compartir era bueno, necesitaba dejar de sentirse culpable por ser el objeto que su padre más odiaba. Ella no tenía la culpa, ¿verdad? – Fue la noche de mi presentación en sociedad. Estaba tan emocionada que olvidé todos mis problemas. Esa noche no era la joven estirada y fría, la misma que comentan que es incapaz de sentir. No, esa noche deseaba bailar durante horas, gastar mis zapatillas y coquetear con cuantos caballeros pudiera.

— Me da envidia.

— ¿Verdad? – Apretó las manos sobre su regazo, se había sentado en la cama incapaz de continuar de pie –. Me envidia. Todos lo hicieron. Usaba las joyas de mi madre y el vestido era deslumbrante. Mi hermano me llevaba del brazo y muchos de sus amigos me escoltaban allí a donde iba.

Esa sensación fue adictiva.

No quería que la noche terminase. Sabía que después vendrían más invitaciones, pero ninguna como aquella. En esa sala, con la música de fondo y las voces de decenas de personas creando un único susurro, ella era una de las protagonistas.

Tan perfecto que creyó que su padre podría cambiar. Pensó que cuando su padre la miró lo hacía con cariño, que sus ojos brillaban de orgullo al ver lo hermosa que estaba y el éxito que había tenido, al intuir que podría conseguir un enlace que los beneficiase a ambos.

¿Tanto necesitaba su aceptación? Sí, incluso creyendo que la venda había caído de sus ojos, seguía ciega. Incapaz de creer que algún día no pudiera cambiar, no pudiera arrepentirse de todo lo que había hecho y aceptarla.

>> Lo encontré en la biblioteca poco después de media noche. Su chaqueta estaba arrugada y su camisa manchada, pero no me importó. Cuando estiró la mano para agarrarse a la butaca y, de paso, mantener el equilibrio creí que me llamaba. – Estiró los labios, Noemille pocas veces presenció tanta tristeza –. Pero me abofeteó con tanta fuerza que caí al suelo. Sin excusas o motivos, sin acusaciones. No podía pensar, me sentí tan perdida que me arrastré buscando algo a lo que agarrarme para ponerme en pie. Lo que encontré fue la mano de un hombre que me alzó con tanta facilidad que tuve la impresión de no pesar nada. Nunca podré olvidar sus ojos negros, tan oscuros que pensé que era un ángel oscuro que venía a salvarme.

— Lo lamento.

— Es extraño. Es uno de los peores momentos que he vivido, vergonzoso y aterrador, no obstante, guardo los minutos que siguieron a continuación como un recuerdo al que me aferro con uñas y dientes. Intento entender por qué ese hombre fue tan importante, por qué con solo una sonrisa consiguió hacerme sentir segura. – Y había pasado meses buscándolo. A cada fiesta acudía con la esperanza de que unos ojos negros, más parecidos a los de un animal furioso que a los de un hombre, la localizasen y petrificasen. Necesitaba tanto volver a sentirse cómo lo hizo en manos de ese desconocido que, cuando Maximillian apareció en escena, se aferró a la ilusión de que podía forzar la emoción. Solo debía intentarlo, ahora sabía que estaba equivocada –. Mi padre ni siquiera se percató de que no estábamos solos. Quería más, le daba igual que no estuviéramos en casa, necesitaba ver mi sangre, marcar mi cuerpo y hacerme gritar. – Pero no lo logró, fue su primera victoria y puede que la única. Sí, ese día había estado lleno de altos y bajos, no obstante, soportaría más dolor por la posibilidad de volver a escuchar su voz. ¡Ni siquiera tenía un nombre para preguntar!

— *Padre, no lo haga…* – había suplicado lady Coral cuando *aferró su brazo, pero el desconocido no la soltó, no le permitió que la arrastrase lejos.*

El aroma a madera y jazmín fue lo más delicioso que nunca había rozado su nariz. Ella jadeó cuando se sintió apretada contra un duro pecho, los músculos del desconocido causaron cálidos escalofríos en lady Coral.

— *Pocas veces he golpeado a alguien, no me fuerce a demostrarle lo que se siente* – *gruñó el hombre, su voz pasaba a través de ella y lady Coral alzó el rostro para mirar su boca.*

— *No ha de molestarse* – *se vio obligada a soltar la joven dama que, incluso entonces, amaba lo suficiente a su padre para no querer colocarlo en una posición difícil. No, no podía hacerlo. Su labio seguía sangrando, él pasó el pulgar por su mentón para recoger el fino hilillo de sangre y se lo llevó a la boca. Era algo asqueroso, ¿no? Y, sin embargo, ella se vio incapaz de respirar.*

— *Nunca he soportado a los que abusan de otros, tampoco permitiré que destruyan su sonrisa.*

— *¿Qué sabe de mi sonrisa?* – *preguntó ella ilusionada.*

— *La he visto toda la noche, fue en lo único que logré fijarme. Creo que me arrebató la capacidad de disfrutar de otra cosa cuando pasó sus ojos sobre mí sin verme, pero resplandeciendo de pura felicidad* – *le describió él. Lady Coral sintió el calor ascender por su cuello y asentarse en sus mejillas.*

— Gracias – logró balbucear ella –. Gracias por ayudarme. – Hablaban entre susurros contenidos que convertían el intercambio en algo prohibido. La oscuridad, la proximidad, ese encuentro sería perfecto si le hubiera robado un beso.

Él no tuvo la osadía de mancillarla con sus deseos y a ella le faltaba valentía para rogarle.

— Se recompondrá y la dejaré ante las que puedan protegerla. – La ayudó a recomponer el peinado cuando vio que a ella le costaba. Sus manos eran enormes, pero no lo parecían por la delicadeza que mostró, por su habilidad al recolocarle las horquillas –. Seguirá siendo la más bonita de toda la sala, aunque habrá de buscar una excusa para su boca.

— No importa, sabré qué decir.

— Eso es lo que me molesta – aseguró él, con tanta firmeza, que ella se sintió especial, única, tan hermosa que era capaz de volar si él se lo hubiera pedido.

— Perdone, mi pretensión inicial era decirle que nunca se sabe lo que podría suceder por muy mal que comience la velada. Además, a usted la espera quien tanto ansía ver. A mí nunca me espera nadie. – Un arranque de sinceridad inusual en ella, aunque todo lo era cuando recordaba al hombre que desapareció tan pronto la dejó en manos de otros, se evaporó de tal forma que llegó a preguntarse si realmente había existido alguna vez o no fue más que un fruto perfecto de su mente.

Quizás necesitaba a ese ángel para mantenerse en pie, quizás fue la forma que encontró su mente para calmar su miedo, para compensar todos los golpes y… Demasiado perfecto.

CAPÍTULO 30

El carruaje era demasiado inmenso para ella sola. Trataba de concentrarse en lo que veía por su ventanilla, pero la ciudad estaba cubierta por un manto de oscuridad que, aunque le confería un aire romántico, también traía recuerdos que prefería olvidar.

¿Algún día conseguiría dejar atrás el miedo a acabar abandonada durante más de dos días seguidos? La pobreza más absoluta quedaba atrás, al menos para ella. Sin embargo, ¿cuántos 'ella' se escondían en las esquinas o debajo de algún puente?

El carruaje se detuvo y no se vio con fuerza de voluntad suficiente para dejar la seguridad que ahora le aportaba. La puerta se abrió y una mano emergió de la nada, sus dedos largos le pedían que la cogiera.

— Gatita — la llamó y supo que juntos eran fuertes.

— Recuérdame por qué estamos haciendo esto. Nos exponemos demasiado — le pidió, permitiéndole sacarla al mundo, exhibirla ante ojos ávidos de cotilleos y oportunidades. ¿Existía una amistad verdadera en lugares como ese? El miedo a errar era demasiado grande para que se atrevieran a ser sinceros y, ¿era posible una amistad sin arriesgarse a errar?

— Quiero que lo nuestro salga bien, pero te conozco.

— No comprendo qué tiene que ver eso – rezongó Noemille.

— Que si en nuestro camino no ayudamos a lady Coral a vivir sin miedo te sentirías culpable.

— No tenemos culpa de cómo es su padre – replicó, con demasiada rapidez, ella.

— Cierto, mas si yo me hubiera casado con ella estaría a salvo. – Era algo que llevaba evitando pensar, Noemille se escondió apretando con más fuerza el brazo de Maximillian –. Además, ese hombre también me tiene a mí amenazado y no me quedaré esperando a que se atreva a descubrirme.

Noemille inclinó la cabeza cuando él le colocó la negra máscara y anudó el lazo para mantenerla en su lugar.

— ¿Cómo lo ha logrado? – preguntó ella, que empezaba a pensar que, el marqués, era capaz de conseguir cuánto se propusiera.

— Le dije a la anfitriona que me entristecía no haber podido disfrutar cuánto me hubiera gustado de la anterior – confesó él, con una sonrisa orgullosa –. Le comenté cuánto me obsesionaba la idea de no conocer el nombre de mis posibles conquistas.

— Y ella deseaba ser la escogida – completó Noemille celosa.

— ¿Eso no la hace parecer estúpida? – inquirió Maximillian, golpeando la nuca de ella con la nariz – Cuando vea que no puedo despegar mis ojos de usted, que mis manos la buscarán y aprovecharán las sombras para mancillarla... ¿qué sucederá conmigo cuando le robe un beso y, sus otros pretendientes, comprendan que nunca tuvieron una oportunidad real?

— ¿Otros pretendientes? Nunca se fijarían en una vagabunda que...

— Ellos no saben quién es y, si lo supieran, verían lo mismo que yo. Una mujer hermosa, sexy, valiente y luchadora. – La agasajó con dulzura, aprendiendo todavía cómo conseguir su sonrisa, cómo acariciarla para lograr la risita tonta que conseguía endurecerlo mejor que cualquier otra cosa –. No pienses en los petulantes que te esperan ahí, piensa en el hombre que te acompañará a casa, que te arropará en cama deseando introducirse en ti y poseerte enloquecido. Eres mía y ya lo sabes, el mundo lo intuye y lo aceptará.

Y entraron cogidos del brazo, sabiendo lo que buscar, trabajando juntos como iguales.

Le gustó la música, no tanto los olores que se mezclaban en el aire ante la cantidad de personas que allí se aglutinaban.

Varias parejas bailaban en el centro, las faldas al girar mezclaban chillones colores. Risas, comida y bebida. Tan perfecto que a ella no le parecía real, haciendo que todo se convirtiera en el juego de personas que no encontraban nada mejor que hacer con su tiempo.

Él notó su reticencia, cada una de sus rarezas la hacía más especial.

>> Deja de buscar lo que te molesta y disfruta. Déjate llevar por la magia, no te niegues probarlo por miedo a ser una de ellos.

— No es eso lo que...

— Lo es. Los culpas por desaprovechar lo que el destino les concedió, los odias pues en tu mente hay millones de causas mejores en las que gastar su dinero. Sin embargo, no puedes rechazarlos sin hacerlo conmigo. – Rozó su muñeca 'sin querer', arrugando la nariz de forma tan evidente que ella sonrió coqueta –. ¿No me quieres? – preguntó poniendo morritos. El serio del marqués cada vez se sentía mejor en su papel de bufón, un bufón que actuaba solo para ella.

— ¿Qué debo hacer?

— Di que sí a lo que encienda tu curiosidad. Yo debo alejarme, debo poner en marcha los hilos que han de moverse. Regresaré a tu lado – prometió él.

Ella se vio sola, no quiso pensar en el abandono y se acercó a la masa, que pronto la engulló. Voces de mujeres y hombres, que se acercaban a intercambiar un par de palabras en las que trataban de descifrar su identidad, sin mucha eficacia.

Solo había una señal en su vestimenta, en concreto en el colgante, aunque esperaban que solo un hombre reconociera el diamante, en forma de lágrima, que trataba de esconderse entre sus acogedores pechos. Era un diamante que, el padre de lady Coral, había perdido un año antes al pagar una serie de apuestas que nunca debió hacer. Un diamante que nunca fue de él y tampoco tuvo reparos en soltar.

— ¿Me concedería un baile? – Su voz, ¿era posible que la hubiera escuchado antes?

"¡No es posible!", gritó su mente cuando los ojos grises de Noemille se encontraron con los del barón Milfreud. Los ojos verdes coincidían, pero era absurdo que sus caminos se hubieran cruzado de nuevo y pudiera ver a través del disfraz, ¿no?

— ¿Por qué? – preguntó, demasiado directa, Noemille.

— Es usted aire fresco, ¿no lo nota? ¿Qué mejor que tener entre mis brazos a una mujer que, incluso vestida como los demás, no pasa inadvertida?

— ¿Es lo que les dice a todas?

— Es usted demasiado inteligente – le concedió el barón Milfreud. Cabeceó regalándole la victoria, aunque sin rendirse –. No hace más que darme motivos para necesitar su compañía.

— Le gusta la conquista, ¿no es cierto?

— Palabras demasiado comprometedoras para una joven delicada como usted. – Colocó la mano en su espalda, demasiado baja, y tiró de ella hacia la pista. ¡No sabía bailar!

Tampoco parecía importar cuando él la llevaba, la movía de tal forma que sus pies lo seguían con facilidad. Era... ¿divertido? Con cada giro se relajó más, hasta que ella tomó su mano con fuerza y se atrevió a tomar la iniciativa. Erró la primera vez, él no dijo nada y se dejó guiar.

— No le gusta que le den órdenes – susurró el barón.

— No comprendo por qué debería gustarme. ¿Usted disfruta cuando le imponen ideas que no respeta? – Le devolvió el golpe con maestría, como si llevase toda una vida entrenando –. Lo lamento.

— ¿Por qué? Tiene usted razón, aunque mentiría si negase que lo que uno busca en una esposa es sumisión, para no tener que cambiar.

— ¿Esposa? – Su risa sorprendió a muchos. Fresca, sincera, un sonido directo al corazón –. No busca esposa, busca a alguien que cumpla con sus responsabilidades, pero será una búsqueda que no sabía que tenía la que lo lleve a los brazos de otras.

— Sorprendente y, ¿puede decirme por qué? – A ninguna mujer que la hubieran educado para vivir como una dama se le habría permitido llegar tan lejos. Incluso él sabía que podría apartarla y dejarla en ridículo por tan atrevidas afirmaciones sin que nadie lo censurase, aunque la encontraba deliciosa y refrescante –. ¿Qué es lo que me lleva a otros brazos?

— ¿Alguna vez se ha preguntado qué es lo que le queda por saborear, por sentir? – El barón parpadeó perdido –. Ha tenido todo lo que se podría conseguir, TODO. Tanto ha tenido que ahora busca incansable algo que lo haga sentir bien. El problema es que nunca dura demasiado.

— Y, ¿qué podría hacer para solucionarlo? – Estaba más interesado de lo que le gustaría reconocer. Ella había tocado sus secretos con naturalidad, como si no fuese un mal que solo lo envenenase a él –. ¿Usted es mi solución?

— No me atrevería a darle consejos. – Se retiró a tiempo, sintiendo arenas movedizas debajo de sus zapatos –. Hombres como usted mueven el mundo, nosotras no somos más que hermosos complementos que les gusta lucir.

— Coincido con usted en que son hermosas.

Para ella era un parloteo innecesario que la hizo sentir cómoda. Él veía una inteligencia refrescante que hizo que no la soltase cuando la canción terminó, es más, la apretó contra él más de lo necesario para que lo acompañase en la siguiente.

Maximillian bufó, permitiéndolo por el momento, por ella, anotando mentalmente la vestimenta y máscara del hombre que, en breve, conocería la forma de su puño. Tenía pensado recolocarle la nariz.

Cuando ella buscó a Maximillian, inconscientemente entre tantos cuerpos, lo encontró entrando en la biblioteca. Su ancha espalda, su postura rígida, quiso estar con él y supo que, aunque la había llevado hasta la fiesta, no dejaría que se acercase tanto.

Pasaron los minutos, necesitaba saber, sus pupilas acaban

fijas en la misma puerta de roble, que permanecía cerrada.

>> ¿He de preocuparme? – preguntó el barón.

— ¿Qué?

— Se fija en todo lo que nos rodea menos en el caballeroso hombre que está tentado a invitarla a pasear por el jardín. – Dejó caer como si nada el hombre cuyo ego se resentía –. Le prometo que hará que la noche vuele entre ambos, sollozará cuando deba abandonarme.

Ella se rio y lo miró.

— Es una ridiculez que hasta podría tildar de tierna.

— Ahora soy yo el que se siente perdido – dijo Gerald, el barón Milfreud –. Si teme que nos descubran, ¿a quién podrían acusar si nadie sabe nuestro nombre?

— No temo lo que digan, no temo nada más que… – Se detuvo –. que dañen a los que amo. – Y amaba a su marqués, por eso había aceptado quedarse en segundo plano. Si algo sucedía ella podría intervenir, sin miedo a rasgarse las vestiduras y actuar.

Una mano vieja se cerró en su brazo. Llevaba esperándolo más de una hora por eso, cuando Gerald quiso intervenir, ella negó con la cabeza y se giró.

— ¿Qué haces aquí? – gruñó furioso el conde de Saxonhurst. August apretaba la quijada, sin lograr detener la vibración indignada de su papada, que no soportaba el insulto de que su hija lo hubiera abandonado, al igual que había hecho su madre, solo que en esta ocasión también se llevó a su otra hija.

El conde de Saxonhurst quería mucho más que golpearla, no delante de todos. Él era de los que se ocultaban y su hija, la verdadera, lo sabía. No se detuvo a pensar en la seguridad que

Noemille mostró al seguirlo, en la sonrisa triunfal que trató de ocultar.

No, Noemille apretó el paso e incluso lo ayudó a proseguir sin tropezar con sus propios pies. El conde ya había bebido, lo que Noemille no sabía era que no había dejado de hacerlo desde que se había levantado. Incluso antes de comer el conde se enjuagaba la boca, después se llenaba la copa y al terminarla lo acompañaba con un par de huevos.

El conde quiso ir hacia la terraza, Noemille se plantó.

>> Zorra, no seas ingrata. No deseas que nadie vea tu vergüenza — escupió el conde. El odio que supuraba por su ponzoñosa lengua era frío, se extendía a su alrededor avergonzándola incluso cuando Noemille sabía que no era la destinataria de tan oscuro pensamiento. ¿Qué llevaba a un padre a un sentimiento tan retorcido?

— He visto salir a una pareja. Podría usar la biblioteca — sugirió como si sencillamente fuera la opción menos mala, no una idea que estuviera planeada de antemano. No era la mejor de las actrices, por eso se tuvo que repetir en varias ocasiones que no se apresurase —. Quizás podríamos esperar a que se relajase un poco.

— ¿Un poco? – gruñó, apretando tanto el antebrazo de Noemille que ella se agachó y lanzó un gemido – Te azotaré con el cinturón, ¿recuerdas la última vez? – ¿Lo había disfrutado? ¿Qué le había hecho a lady Coral?

Noemille temía hacer las preguntas incorrectas, también saber demasiado. Lady Coral había compartido lo que sintió preciso y tenía derecho a guardarse secretos. El infierno que había soportado dejaba muda a Noemille, que comprendía que estuviera dispuesta a todo por conservar a Maximillian.

"No dejaré que vuelva a suceder", la voz en la mente de la

joven gritaba tan fuerte que el dolor pasó a segundo lugar.

— Lo recuerdo – replicó calladamente, bajando la cabeza, dándole un gesto sumiso que ya hacía sentir bien al monstruo.

Llegaron a la biblioteca y la lanzó al interior. Mientras trataba de cerrar la puerta unos brazos la interceptaron y ayudaron. Ella reconoció el aroma de Maximillian, que la colocó tras su cuerpo y se cruzó de brazos.

— Conde de Saxonhurst – lo mentó con auténtica repulsión. El hombre era un despojo. Su ropa sucia y arrugada, las comisuras de su boca tenían unas pestilentes y cremosas postillas. Las ojeras, el olor… – ¿Le parece bien tratar de esa forma a una dama?

— ¿Marqués de Carisbrooke? – Maximillian tuvo que quitarse la máscara para que lo reconociera e, incluso entonces, su visión borrosa no ayudaba –. ¿Por qué le importa? Ambos sabemos que si mi hija muriera usted estaría feliz.

Noemille tembló ante la seguridad del conde y porque Maximillian no lo negase. La vida de lady Coral debía valer más, merecía que la quisieran y apreciaran.

— ¿Qué le hace pensar que la joven sea su hija? – continuó el marqués, cuya voz cortaba como la mejor de las dagas. El conde debió pensar lo mismo, pues se encogió sobre sí mismo, no mucho, lo justo para que se notase.

— Lleva el colgante, era de su abuela. – Noemille lo rozó con los dedos, lo acarició en un gesto que no pensó, pero no pasó por alto para August –. ¡Zorra! ¡Me lo has robado! ¡Me has engañado! Yo necesito el dinero y ella...

— El colgante se lo he dado yo – comentó Maximillian con indiferencia –. ¿Desea robarme a mí?

— No importa. Ella es mía hasta que se casen y tengo

derecho a castigarla si lo estimo oportuno – terminó el conde satisfecho con su deducción, disfrutando de poder vencer al hombre que siempre se había creído mejor que él –. Coral, ven – ordenó con voz firme –. Creo que tu prometido debería verlo, seguro que aprenderá algo para cuando lo desobedezcas. Quizás, si lo hace bien, evite que huyas lejos como tu madre.

Maximillian quiso evitarlo, pero Noemille lo esquivó y dio varios pasos, sin colocarse al alcance de las rollizas manos del conde.

>> ¿Lo ve? Ella sabe cuál es su lugar y está debajo de mi puño. Me ha costado, no obstante, creo haberlo logrado. Descúbrete y ponte de rodillas.

Noemille estaba pálida, Maximillian no creía poder soportarlo mucho más. Ese hombre no merecía vivir, no cuando tanto daño había causado, sin embargo, había algo que seguía importándole.

— Usted puede destruir a sus hijas, pero yo tengo a su primogénito – intervino el marqués de Carisbrooke cuando Noemille se despistó lo suficiente para que el conde lograse atrapar la manga de su vestido –. No lo haga... – lo amenazó cuando le vio levantar la mano.

Fue entonces cuando sucedió algo con lo que nadie contaba, la persona que no debía estar allí, pero irrumpió como un vendaval. Una joven que deseaba demasiado recuperar la familia que, cuando era niña, soñaba que habían formado.

Lady Samantha se detuvo y llevó la mano al pecho. Había escuchado de casualidad los planes del marqués y debía tratar de lograr otra salida. Su padre había cometido errores, sin embargo, a su manera debía amarlas.

— ¡Deténganse! – Lady Samantha llegó a su padre y apoyó las manos en su pecho. El reproche de su mirada nadie lo notó, ni la pena porque temía que él no fuera capaz de liberarse del ansia que sentía por beber. ¿Qué sucedía con un hombre cuando perdía el control de sus decisiones? No obstante, era mucho más sencillo pensar así cuando no se era el centro de sus arranques de ira –. Mi padre ha cometido errores, eso no lo convierte en alguien que merezca morir.

— ¿Morir? Nadie va a matarlo – dijo Noemille que, al presenciar como Maximillian giraba la cabeza al lado contrario de donde ella se encontraba, añadió –: ¿Verdad?

— Si todo iba mal... Antes trataríamos de que aceptase por las buenas – comentó Maximillian por lo bajo.

— ¡Lady Coral nunca nos lo perdonaría! – lo censuró Noemille, descubriéndose y comprendiendo que apreciaba a la joven. La entendía y eso era suficiente para querer abrigar el lazo que se creaba entre ambas. Si nadie peleaba por el interés de lady Coral, ni siquiera su hermana parecía hacerlo, ella estaba allí y era lo suficientemente dura para lograrlo – No lo haremos, mas no será por esa chiquilla tonta.

— ¿Perdón? – inquirió lady Samantha sabiéndose insultada.

— No la perdono. – Antes de que la muchacha interviniera de nuevo, pues siempre tenía más que decir que los demás, que se lo perdonaban todo porque la veían tan feliz que era un pecado molestarla, soltó –: Su hermana la trajo a mí para protegerla, para evitarle los golpes y humillaciones. Usted no es tonta, si está aquí para protegerlo es porque sabe que merece un castigo, una parte de usted lo sabe y lo protege a él.

— Yo no sé de qué me habla – se cerró lady Samantha.

— ¿No? – A Noemille se le oscureció el rostro y la voz –. Lo sabe y la reconcome la vergüenza por haber escapado como pudo de los castigos. Sabía que ella ocupaba el lugar y la dejaba, se repetía que era fuerte, que lo soportaría.

— No…

— ¡Cállese ya! – El dedo de Noemille la señalaba acusador
–. Puede tratar de engañarnos a nosotros, ¿a usted? Ella lo
acepta, la ama tanto que no podría culparla. Es feliz por usted,
aunque dudo que pueda evitar el sentimiento de traición si
descubre que está aquí. Váyase y guardaré silencio.

— Yo… No puedo dejar que lo maten – comentó lady
Samantha, aunque se planteaba la salida fácil que le habían
dado, como siempre hizo. Ella sonrió, ¿por qué lo hacía? Se giró
hacia el conde –. Padre, padre escúcheme. Padre, – Necesitó
varios intentos para lograr que los idos ojos del hombre que
le había dado la vida abandonasen a Noemille. Cuando lo hizo
era como si no la mirase, la traspasaba, aunque la percibía. Ella
estaba ahí, sin embargo, puede que a la mañana siguiente ni
siquiera la recordase. Nadie lo hacía –. hágales caso. Por favor,
piense en todos y hágale caso.

— ¿Dónde está la zorra de mi hija? – preguntó el conde,
empujando a lady Samantha para poder avanzar. Su benjamina
cayó al suelo, pasó sobre ella sin dignarse a mirar lo que había
hecho –. ¿Dónde está? Necesito que regrese.

— ¿Para qué? ¿Para golpearla? – preguntó Noemille con
suavidad.

— No sé lo que pretendían. No lo lograrán, se lo aseguro.

— ¿El qué? ¿Que me amenazase? ¿Que tratase de forzarme?
Ahora saldré y lo contaré, diré cómo usted enloqueció al saber
que yo era la nueva prometida del marqués y quiso atentar
contra ambos. Nos creerán porque incluso su hija está de
testigo, lo harán porque será más sencillo que imaginar lo que
hay detrás y, si usted acusa a Maximillian, no será más que un
acto de venganza – le explicó, como si hablase con un niño
demasiado pequeño para comprenderla sin tener que hacer

especial énfasis en algunas palabras.

— No… – La lengua del conde se trababa.

— Nuestra intención era hacerlo de otra forma – aseguró Noemille, que miraba de reojo a Maximillian cada poco tiempo para saber que no estaba errando, soltando de más –. Ahora no nos queda más que confiar en su cordura y en que amará a su hijo lo suficiente para no ponerlo en peligro.

— No lo tocaréis…

— Yo no, mi marido es mucho más vengativo – Noemille caminó con el corazón desbocado, lo miró esperando que la rechazase, que descubriese ante los que eran como él que no había sido más que una cruel broma.

El rechazo no llegó y esconderse en sus brazos fue perfecto, tan natural que dolía.

— Barón Camoys, encárguese de la joven. Temo que con sus ideas acabe colocándose en una situación más peligrosa – ordenó Maximillian.

¿Albin había estado ahí en todo momento? Cuando lady Samantha buscó el origen de las pisadas y se encontró con él se puso en pie a toda prisa, estirando sus faldas nerviosamente. Ella no sabía qué hacer ni por qué su mirada la hacía sentir, ¿mal?

— ¿Qué le parece tan interesante? – inquirió molesta, extraño cuando se tenía en cuenta su carácter jovial.

— Usted y su estupidez. Espero que perdone mi sinceridad, pero no tolero bien a las jóvenes que actúan sin pensar en los demás – dijo Albin. Cuando la guio hacia la puerta no pudo evitar soltar –: Tiene suerte con su hermana, dudo que merezca que alguien la ame tanto.

Lady Samantha no respondió porque, muy en el fondo, temía que tuviera razón. Le dolía lo que lady Coral había pasado, nunca tuvo la valentía suficiente para intervenir o preguntar.

CAPÍTULO 31

Tras dejar el colgante en las manos del conde, Noemille se giró sonriente.

— Estoy segura de que ese colgante será suficiente para saldar las deudas que tenga. Ahora lady Coral es mía. – ¿Suya? Sonaba tan mal, Noemille pensaba en ella como en una prima a la que cuidar, familia –. Nada podrá hacerle. Ni a su hermana – añadió en un tono más bajo, pues su lengua se resistió a esas palabras.

— Así me gusta – dijo Maximillian envolviendo su cintura.

— ¿Sabes? Nunca creí que disfrutaría con lo que voy a pedirte. – Pasó la mano por la mejilla del hombre que le arrebataba el aliento y la hacía soñar. Él la recibía sin excusas y le devolvía incluso más de lo que ella daba, demostrando que nunca sería suficiente –. Golpéalo. Necesitamos tiempo para que la gente de fuera lo crea.

Y la representación sería sencillamente perfecta cuando el conde apareciera con la ceja partida.

El conde quiso escapar, había perdido de golpe la bravuconería, quiso llegar a la puerta y Maximillian lo noqueó.

Fue excitante para ella ver a su hombre en el papel del malo. Su aura oscura, la forma en la que la miró y acercó posesivo pues, tras un acto que había descargado por todo su cuerpo adrenalina, necesitaba darle escape. Asaltó su boca, ella gimió en respuesta y le permitió sentarla sobre el escritorio.

— Has estado... Dios. Estoy tan excitado que no puedo esperar – reconoció Maximillian, suplicándole con los ojos que no lo detuviera, mientras levantaba las faldas de su vestido –. Solo jugaremos un poco.

— ¿Cómo se juega solo un poco? – preguntó ella, alzando la ceja derecha.

— Te beso solo un poco, no todo lo que me gustaría. Te acaricio solo por donde el vestido me lo permite y...

— ¿Y?

— Es que lo de entrar en ti no puedo hacerlo solo un poco. Es más, si me dejas no me detendré. – Ella asintió y él se bajó el pantalón. Si alguien entraba en ese instante lo despellejaba vivo y, si miraba la carne que él estaba exponiendo, lo mataba –. Mi mujer, la madre de mi hijo, lo mejor que me ha sucedido nunca.

— Si no me hubieras encontrado, ambos habríamos muerto – reconoció Noemille feliz –. Si me dejas también me estarás matando, destrozarías mi corazón.

— No me digas eso – suplicó Maximillian, abriéndole más las piernas. No debían hacerlo, no era ni el momento ni el lugar, pero enfrentarse juntos al peligro, a uno real, lo había llevado a un nivel de deseo incontrolable. Ella lo había acompañado en un juego que la mente le decía que no podrían volver a escoger, sin embargo, que lo matasen si no creía que ella había logrado actuar como un gánster peligroso –. Calla.

La voz de su amada no había temblado, ella se había mantenido firme y había expuesto sus ideas de tal forma que él no había podido hacer otra cosa que no fuera admirarla. ¿Qué le había hecho? Era un títere entre sus hábiles dedos y no lograba negarse, no cuando ella lo miraba.

Haría cuanto pudiera por darle todo lo que ella quisiera y los orgasmos eran lo mejor.

>> Gatita, abre las piernas todo lo que puedas y agárrate a la mesa.

— ¿Así?

— No hables o tendré que morderte la lengua. – Y lo haría, lo haría… – Dime algo.

— ¿No querías que guardara silencio? – inquirió Noemille traviesa – Marqués, ¿qué es lo que puedo decirle cuando planea poseerme? ¿Qué palabra no debo usar? Lo deseo, lo amo con todo mi corazón.

— Eres perfecta.

— No podría vivir sin usted, aunque eso ya lo sabe. ¿Por qué me propuso ser su amante?

— Porque eso eres. Mi amante, mi esposa y la madre de mis hijos. Lo eres todo, solo que en ese momento no lo sabía.

— ¿Todo?

— Absolutamente todo – reconoció un hombre que no sabía lo que sentía hasta que ella le devolvió de un golpe el amor por la vida. Estaba muerto hasta que la vio, tan hermosa y delicada, valiente y decidida. Ella seguía en pie y él se había dejado caer, aunque siguiera andando. Era mucho más débil que su gatita y, que ella lo hubiera aceptado, era el mejor de los regalos –. No me dejes nunca.

CAPÍTULO 32

Fue como jugar a esconderse.

La boda fue rápida, en una capilla pequeña y en una radiante mañana en la que los pájaros cantaban dándole la bienvenida a la primavera. Ella estaba feliz, todos lo estaban.

No veían nada malo en que hubiera pocos invitados, estaban los que importaban. Ella abrazó a su hermano y a lady Coral, Maximillian palmeó la espalda de Albin con tanta fuerza que éste se quejó.

Los bendijeron y supieron que, a los ojos del mundo, ya se pertenecían. Temían que alguien se molestase por tan impura unión, nadie acudió a "regañarlos" y, cuando los invitados acudieron al hogar de ambos a comer, Maximillian aprovechó para dar un rodeo.

— ¿Qué hacemos aquí? – preguntó Noemille.

Era la zona más pobre de Londres. Whitechapel contenía el dolor, la pena, el hambre y el frío que escaseaba en el mundo de los nobles. Allí terminaban los desechos humanos que a nadie le importaban. Acababan tirados en las calles suplicando por migajas que les permitieran continuar un día más, no aspiraban a mucho.

Noemille no soportaba mirar.

>> ¿Qué hacemos aquí? – repitió abrazándose a sí misma, el frío que la rodeaba la caló hasta los huesos – No quiero estar aquí.

— Lo necesitamos, ambos lo hacemos.

— No… – No quería recordar quién había sido, lo que se había visto obligada a hacer. Un niño crecía en su vientre, alguien que nunca sabría que ella había comido pan podrido o tirado el cuerpo de alguien, todavía vivo, al mar. No, ella no era lo que esas calles reflejaban.

>> Por favor, vámonos de aquí – suplicó, tomando la pechera del abrigo de su marido entre sus manos y zarandeándolo con fuerza –. ¿Acaso no puedes dejarlo estar?

— Míralos. Míralos con calma.

— Ya lo he visto todo. – Ella quiso observar el interior del carruaje, él la obligó a girar el rostro hacia la ventana. Cerró los ojos, Maximillian esperó cuanto hizo falta.

— Son ratas, esperan la muerte negándose a aceptarla, aunque incapaces de cambiar su destino. No tendrán una oportunidad. – Lloró por toda la pena que seguía guardando y, en ocasiones, el odio hacia sí misma. Debió rebelarse, pero ¿contra quién?

— Cambiaremos algunas vidas, las que podamos – le ofreció él –. Si algo me has enseñado es que, si no hacemos nada, personas inocentes mueren.

— No lo hagas.

— ¿Por qué? Ni tú lo merecías ni…

— ¡Cállate! ¡¿Por qué lo haces?! Solo quiero dejarlo atrás

– reconoció cansada, consciente de que siempre llevaría las calles en su interior. Cada decisión, mirada o palabra, tendría ese toque vulgar.

— Yo no, te amo por quién eres y eso incluye esta parte de tu vida. Mira a los niños, podríamos abrir un orfanato para que tuvieran algo que comer y un lugar en el que dormir. – Y los rostros sucios y cansados de los que deberían estar jugando la hicieron reaccionar.

Con lágrimas en los ojos asintió, se mordió el labio inferior para contener el torrente de emociones, la gratitud la desbordó y saltó a su regazo.

— Marido mío – susurró ella juguetona, sonriendo y llorando, comprendiendo que, cada día, debía luchar contra una vergüenza que él no sentía por ella –, tienes razón. Son ángeles, deben poder elegir antes de ser lanzados a malas vidas.

— No juzgaremos, son niños – asintió él, que una vez rozaba la piel de su mujer no podía soltarla –. Me gustaría que nos quedásemos más tiempo, sin embargo, aquí no puedo encamarme contigo.

— ¿Encamarte?

— Ya no tengo que ser bueno – le dijo al oído –. El médico comentó que no le hacíamos daño y yo solo sigo sus recomendaciones. Te haré feliz preciosa. – Acarició su vientre –. Y a nuestro hijo.

— Nuestro hijo – recalcó ella, inmensamente dichosa –, tiene ganas de devolver lo que he desayunado. – Y se apresuró a abrir la portezuela y salir.

Se dobló al lado de la rueda y se sorprendió al sentir las manos de él sujetándole el sombrero y mechones rebeldes, sus ojos grises brillaron de alegría mientras trataba de controlar la siguiente arcada.

Sonrió cuando él le tendió un pañuelo y se limpió la boca.

— Podría acostumbrarme.

— Has de hacerlo – ordenó el marqués juguetón.

Una niña sonreía a varios metros con una pequeña cesta llena de cigarrillos. Esperaba una señal sin atreverse a acercarse, a una mala contestación.

Noemille se fijó en sus ojos verdes y se aproximó. Sin decir nada se quitó una de las pulseras de oro que ahora llevaba y la dejó en la cesta.

— Milady, eso es mucho para mí – dijo la pequeña. Era mayor de lo que parecía, el hambre tenía la facultad de no dejarlos crecer como debían.

— Yo te lo regalo.

— No, no lo haga. – Miró a su alrededor asustada –. Me matarán para quedarse con ella.

Ella se quedó en shock, su marido corrigió su gesto recuperando la pulsera y dejando dos billetes en su lugar. La niña salió corriendo casi al instante, él acurrucó al amor de su vida.

— Incluso para dar debemos aprender a hacerlo – dejó caer sin reproche, ambos debían encontrar el término medio.

EPÍLOGO

La habitación tenía las ventanas cerradas para proteger el interior del dormitorio de la tormenta que se desarrollaba fuera.

Noemille aprovechó el descanso para acercarse y abrirlas, aspirando con fuerza y disfrutando del frío sobre la piel.

— Debe acostarse — recomendó Leonor tirando de su señora hacia la cama. La obligó a tumbarse y le limpió la frente —. Sé que duele, pero el doctor está a punto de llegar.

Y otra contracción la hizo gritar y revolverse, acordándose de alguien en concreto.

— ¡Maximillian! ¡Te mataré cuando te pille! — lo amenazó, haciendo temblar las paredes de su hogar.

— Gatita, ¿has dicho algo? — entró al instante, el cabrón estaba esperando tras la puerta.

— Deberías estar nervioso, sufrir lo mismo que yo. Esto duele — gruñó ella entre dientes, sus ojos grises describían el tormento prometiendo devolvérsela —. Nadie me dijo que sería como que me rajasen las entrañas y escarbasen en mis tripas.

— Marquesa, no debería hablar de esa manera – la regañó Maximillian, guiñándole un ojo.

— Pásame el zapato – le pidió a Leonor que, ante la sorpresa, se lo dio sin pensar.

Zapato volador, no había mejor forma de describirlo.

— Lo has lanzado a mala leche. – Pero la alegría de Maximillian no mejoraba el humor de su mujer. Las contracciones eran cada vez peor –. Te lo perdono porque estás preciosa.

— Cállate – siseó ella.

— Mentirosa, te ha gustado.

El marqués obvió los consejos de que no podía estar con su mujer y se acercó a su lado.

>> ¿Sabías que me dispararon hace cuatro años?

— ¿Dolió? Querido, cuánto lo siento…

— No lo dudo – rio él –. Dame la mano. – Al ver que no cooperaba fue él el que aferró su mano derecha –. Aprieta cuando duela, aprieta sin preocuparte por mí.

Eso hizo, concentrarse en retorcerle los dedos lo hizo soportable por el momento.

>> ¿Mejor?

— No mucho – negó con el morro torcido. La marquesa no se sentía como tal, sino sudada, agotada, irritada y… ¡la había besado!

Ella soltó el aire al notar que el dolor le daba un descanso.

— Estaré a tu lado – prometió su marido.

Fue más sencillo decirlo que hacerlo, ella se volvía muy malhablada y agresiva cuando algo le dolía. Prefería pelear y gritar, morder y arañar, a desmoronarse.

El doctor no salió mejor parado, le llamó matasanos y comadreja. Viejo pervertido fue usado también cuando quiso echar un vistazo entre sus piernas, sin embargo, cuando dijo haber visto la coronilla de su hijo... todo se le olvidó.

— Empuja con todas tus fuerzas. — La voz de Alban, el viejo que también le había dado la noticia del embarazo, sonó lejana.

Noemille gritó, bufó y aulló, pero empujó. Cada fibra de su ser empujó hasta que no quedaba más porque era su hijo y lo merecía todo. Ella se lo daba todo, incluso su vida.

Fueron horas que no tenían fin. Minutos que se estiraron y retorcieron, minutos que creía que no pasarían y en los que se vio incapaz de lograrlo. No saldría y ambos morirían, ¿sin una presentación? ¿Sin ponerle nombre o saber lo que era? Solo un adiós sudoroso cuando ya tenía la felicidad tan cerca, no quería... el mundo no podía ser tan injusto.

Rendirse fue, en algún momento, otra posibilidad. Sin embargo, Maximillian apretaba su mano y su hijo seguía peleando. ¿Quién era ella para no colaborar?

— Es un varón — les contó el matasanos, alzando el bulto lloroso y rojizo que a ambos se les antojó lo más hermoso que habían visto.

— ¿Puedo cogerlo?

Lo dejaron en sus brazos y supo que el dolor de la felicidad le paralizaba el pecho. Al mirar unos ojos grises que la retaban quiso comérselo a besos, tantos como pudiera, su llanto la hizo desear calmar todos sus males.

— Creo que sale a mí, necesita los pechos de mamá – comentó Maximillian, apretando con suavidad su hombro para hacerla reaccionar.

— ¿Seré capaz? Es tan pequeño y delicado, ¿y si no sé hacerlo? ¿Y si no estoy a la altura? – preguntó ella, que temía demasiado condenarlo. Lo sostuvo suplicando que no se rompiera.

— No estás sola, nada malo sucederá.

¿Cómo había llegado hasta ese momento? Un final imposible para la joven que, la noche antes de cruzarse con Maximillian, se había preguntado si lo mejor para Marcus y para ella no era lanzarse al mar y desaparecer.

Marcus no pudo tener más paciencia y corrió a felicitar a su hermana, a su familia.

LADY SAMANTHA

—¡No me toque! ¡Bruto! ¡Bestia! – gritó furiosa lady Samantha, que nunca antes se había enfadado con tanta intensidad como al sentir los fuertes dedos de Albin en su brazo, atreviéndose a tocarla sin su permiso – ¡Suélteme!

— Milady, no me obligue a colocarla en mis rodillas y darle los azotes que merece – gruñó el barón con voz ronca.

— ¿Ahora va a golpearme? ¡Bruto! ¡Animal! – Lady Samantha se detuvo al notar que la aproximaba tanto que sus bocas estaban a un milímetro. Tan juntos que podía oler el wiski en los labios del hombre que, lejos de parecer un noble, se asemejaba más a uno de los bribones y seductores que trabajaban en el puerto.

¿De dónde habían salido esos pensamientos?, se regañó lady Samantha al sopesar apreciativamente los labios, ojos y cuerpo del que, según sus propias palabras, tanto asco le provocaba.

— Se repite... – le soltó Albin, queriendo morder su rojiza boca para sellársela. ¿Tan nauseabundo le parecía? Ella temblaba y él quería que perdiera el conocimiento, pero en sus brazos. ¡Ninguna mujer lo había rechazado de una forma tan tajante!

— Dejaré de hacerlo cuando me suelte.

— ¿Y si no deseo hacerlo? – la retó él.

Lady Samantha sintió su corazón desbocarse. Estaba en sus brazos y ... ¡nunca había estado a solas con un hombre sin que éste fuera de su familia!

>> El marqués de Carisbrooke me ha pedido que la llevase a salvo a su hogar y eso haré.

— ¿A salvo? ¿Y quién me protege de usted?

— ¿Me teme? – la interrogó él.

— ¿A usted? ¡Nunca!

— Entonces demuéstremelo. Demuéstreme que no está aterrada y pórtese bien. Las niñas buenas saben seguir órdenes, ¿no? – No pudo evitarlo, los ojos violetas de la joven le recordaban al mar salvaje en un día de tormenta y en el centro una sirena le cantaba que la probase.

— No soy una niña buena – casi jadeó la joven que no sabía que, esa maraña de dolorosas emociones que nadaban en su vientre, era el intenso deseo de ser besada. No comprendía qué ocurría ni qué prometía la sonrisa de bribón que él le dedicó con toda intención, pero quería más, mucho más.

— ¿Y qué eres?

No lo sabía, no cuando él la trataba de esa forma. No cuando se había convertido en un juguete entre los dedos de quien sabía cómo conseguir lo que se proponía. Albin rozó la línea que definía los labios de su sirena, los dibujó con cuidado con su pulgar mientras mantenía alzado su rostro con la mano derecha.

>> ¿Qué eres? – repitió, necesitando una respuesta que lo alejase, que le recordase lo impropio de la situación en que, como marineros hechizados, se habían colocado.

— Una dama, una mujer respetable que debe cuidar.

— Eso haré. Te cuidaré, sobre todo de mí.

— ¿De usted? ¿Es cierto que debo temerlo?

— No lo dude...

E inclinó la cabeza dejándola sorprendida. Debía ser asqueroso, eran dos bocas uniéndose, en cambio el calor que la rodeó y engulló era agradable, mucho más que agradable. Se aferró a él para no caer, gimió y cerró los ojos porque era lo que su cuerpo necesitaba.

Concentrarse en un barón desvergonzado que le robaba su primer beso, haciéndole creer que era un regalo cuando era más propio de un bandido que de un noble, fue demasiado fácil. Era de ese tipo de ataques de los que, durante toda su vida, habían tratado de enseñarle a defenderse y, tras haberlo probado, ¿por qué querría evitarlos?

Cuando se separaron les costaba respirar, lo hacían tan agitadamente que crearon su propia niebla en la que se escondieron.

— Barón – lo llamó ella.

— ¿Qué? – Él no conseguía escapar de sus iris, del arco de su cuello que terminaba en unos pequeños y tentadores pechos. Acunarlos, mecerlos y descubrirlos. Era puro fuego, aunque todavía no lo supiera –. ¿Perdón? – Pestañeó queriendo escapar de su embrujo.

— ¿Era esa su disculpa?

LADY CORAL

¡**L**o había visto! ¿Era una imaginación?

Lo persiguió por dos calles mientras fingía estar comprándose un sombrero, con el corazón a punto de salírsele por el pecho.

El dilema venía ahora, era él, ¿qué podía hacer para llamar su atención?

Era tan hermoso como recordaba, tan alto y fuerte, le dolía el pecho al imaginarse qué palabras podía usar.

"Buenos días, hace una buena mañana", probó su mente. ¿Era tonta? Si soltaba eso ni la miraría.

"Perdone, se le ha caído esto." Recordó que Noemille decía que robar era sencillo, tan sencillo como tener la cara dura de que pareciera que lo que hacía era lo más normal. Acercarse como si siempre hubiera estado a su vera, como si tuviera el derecho a rozar su brazo y buscar bajo su ropa.

¡Bajo su ropa! ¿Desde cuándo hacía tanto calor en febrero? Tocarlo... ¿en qué estaba pensando? No podía comportarse como una desvergonzada, ni siquiera en su mente. No, ella tenía que hacerle comprender que era la mejor opción para ser su mujer y para ello… ¡debía robarle la bolsa del dinero!

"No será robar de verdad, no me quedaré con nada." Se repetía. "Algún día, cuando se enamore de mí, se lo confesaré y nos reiremos juntos. Comprenderá que era necesario."

Porque ella lo amaba por haberla salvado, por haberla tratado con tanta delicadeza. Lady Coral lo amaba lo suficiente para ambos, solo con que él siguiera teniendo consideración con su persona, que no la golpease o insultase…

Hacía mucho tiempo que lady Coral había bajado sus expectativas, su amor propio había menguado hasta evaporarse. Era el reflejo de quien tanto se había empeñado en ser, una dama fría y respetable.

Se aproximó escondiéndose bajo su sombrero. Esquivó a su doncella y suspiró con suavidad, queriendo desaparecer completamente. Cuanto más se acercaba a él más le costaba controlar sus manos, ¿eran suyas? No se movían como ella ordenaba.

Era el momento.

La capa se le abrió, ese aroma la confundió, pero tanteó buscando. Rozó su cadera, después ascendió queriendo llegar a su chaleco y ahí olvidó lo que hacía.

— ¿Necesita ayuda? – Su voz, ¡la miraba!

Tartamudeó una respuesta incomprensible, buscó dónde escapar sin encontrar una salida.

— Yo… lo lamento. No…

— ¿No quería acariciarme o no esperaba que me diera cuenta? Si era la segunda opción permítame decirle que me entristece. – Su voz ronca, esa forma en la que los ojos negros de su desconocido la atravesaban… Iba a perder el conocimiento si él no la atrapaba, ¿y si la atrapaba?

— No me descubra. Fue una mala idea. — Se giró para irse, él aferró la pluma de su sombrero y la retuvo juguetón.

— La recuerdo.

— ¿A mí? — preguntó ella inocentemente, tanto que ninguno de los dos se tragó la mentira.

— ¿Qué estaba tramando?

— No puedo decírselo.

— ¿Por qué? — continuó él, que disfrutaba de la cercanía de tan esquiva dama.

— Porque si se lo cuento tratará de evitarlo y usted va a casarse conmigo.

AGRADECIMIENTOS

Muchas gracias por leer mi libro y por dedicarme vuestro tiempo, muchas gracias por ayudarme a cumplir mi sueño, muchas gracias simplemente por seguir ahí.

Pediros que lo puntuéis para ayudarme a mejorar, pues es una recompensa invaluable que agradezco de corazón.

Facebook: EscritoraARCid

Instagram: a_r_cid

Os espero...